KB114556

야차전기 夜叉傳記

야차전기 1

임영기 新무협 판타지 소설

초판 1쇄 찍은 날 § 2015년 2월 24일
초판 1쇄 펴낸 날 § 2015년 3월 3일

지은이 § 임영기
펴낸이 § 서경석

편집부장 § 권태완
편집책임 § 박가연

펴낸곳 § 도서출판 청어람
등록번호 § 제387-1999-000006호
등록일자 § 1999. 5. 31
어람번호 § 제2-2572호

주소 § 경기도 부천시 원미구 부일로 483번길 40 서경B/D 3F (우) 420-822
전화 § 032-656-4452 팩스 § 032-656-4453
http://www.chungeoram.com
E-mail § chungeorambook@daum.net

ISBN 979-11-04-90131-7 04810
ISBN 979-11-04-90130-0 (세트)

야차전기

1

야차도(夜叉刀)

임영기 新무협 판타지 소설

FANTASTIC ORIENTAL HEROES

도서출판 청어람

목차

序   007

제1장 나는 죽었다   009

제2장 건드리면 죽는다   035

제3장 야차도(夜叉刀)   063

제4장 두 번째 살인   093

제5장 풋사랑   119

제6장 거듭되는 좌절   151

제7장 구주무관(九州武館)   177

제8장 백년가약(百年佳約)   209

제9장 무림초출(武林初出)   239

제10장 잔인무도(殘忍無道)   273

序

어떤 전설(傳說)이 있다.

그것은 숱한 전설과 신화 중에 하나로서 특별할 것도 신기할 것도 없는 그저 그런 얘기로 전해지고 있다.

이 전설을 북방지역에서는 팔부중화(八部衆話)라고도 하고, 남녘에서는 용신팔설(龍神八說)이라고도 하는데 풀이하면 둘 다 같은 뜻이다.

그저 신빙성 없는 일개 전설이기 때문에 어떻게 부르든 별로 중요하지 않다.

많은 전설이 그러하듯이, 팔부중화 혹은 용신팔설의 전설에 의하면, 천하가 더 이상 나빠질 수 없을 만큼 험악해지고 세상에 악이 만연하게 되면, 자비로운 부처님께서 자신의 권속(眷屬)인 팔부신중(八部神衆) 혹은 용신팔부(龍神八部)를 지상에 보내어 천하를 정화시키고 중생을 구제하도록 한다는 것이다.

과거에 정말 그런 놀라운 일이 있었는지는 알 수가 없다. 설혹 그
랬다고 해도 지금까지 전해져 오는 기록 같은 것은 전혀 없다. 다만
수천 가지로 가지를 쳐서 미화된 구전(口傳)이 남아 있을 뿐이다.

와전되고 곡해된, 그래서 앙상한 뼈대에 수두룩하게 살이 덧
붙여져서 현세 사람들의 입맛에 맞도록 윤색된 전설 아닌 전설
이 계속해서 재탄생하고 있다.

머리 위에 하늘을 이고 사는 사람치고 팔부중화 혹은 용신팔
설의 몇 가지 전설을 어린 시절에 귀 따갑게 듣지 않고 자란 사
람은 없을 것이다.

자라나는 아이들에게 학당(學堂)에서는 논어와 맹자를 가르치
지만, 집안의 어른들은 몇 개의 전설과 신화를 맛깔스럽고도 실
감나게 이야기해 주는데, 그중에서 팔부중화 혹은 용신팔설은
빼놓지 않는 단골 이야깃거리다.

어쨌든 이 전설이 전하려고 하는 한 가지 교훈은 분명하다.

악행을 일삼으면 팔부신중이 지옥으로 잡아간다는 것이다.

제1장

———

나는 죽었다

쏴아아—

지랄 같은 겨울비가 흡사 여름 장맛비처럼 퍼붓고 있다.

계절을 잊은 것들은 간혹 추하게 보이기도 하는데 특히 겨울비가 그렇다.

배부르고 등 따스운 자들이야 겨울에 비가 오든지 여름에 눈이 오든지 알 바 아니지만, 굶기를 밥 먹듯이 하는 사람들에게 겨울비는 가혹한 형벌 같아서 그저 하늘이 원망스러울 뿐이다.

"누나 말 알았지?"

늦은 오후. 질척거리는 거리에 면한 어느 낡은 처마 밑에서 여자의 목소리가 흘러나왔다.

추위 때문인지 달달 떨리는 목소리인데 자못 위엄을 담으려고 애쓰는 기색이 역력하다.

"알았니? 어서 대답해."

어린 소녀인 듯한 여자의 목소리가 조금 높아졌다. 누군가에게 다짐을 받아내려는 것 같았다.

길가의 처마 밑에는 비를 피하려고 어린 남매가 나란히 잔뜩 웅크리고 앉아 있었다.

서너 살 많아 보이는 누나가 한쪽 팔을 크게 벌려서 남동생을 품에 꼭 안고 있다.

올해 열일곱 살인 소녀는 짐짓 엄한 눈빛으로 다섯 살 터울의 어린 남동생을 굽어보며 대답을 종용했다.

열두 살 소년은 누나의 품에 묻고 있던 얼굴을 들고 겁먹은 표정으로 그녀를 바라보았다.

그런데 그는 소년이라기보다는 소녀처럼 보이는, 그것도 지독하게 아름다운 절세의 미모를 지니고 있다.

그렇지만 그는 분명히 남자아이다. 소년 화용군(華龍君)은 크고 서늘한 두 눈에 깊이를 알 수 없는 슬픔을 가득 담고 누나 화수혜(華秀惠)를 바라보았다.

"누나, 꼭 가야만 해?"

꼭 붙어서 서로를 슬픈 눈으로 바라보고 있는 두 사람의 입술이 닿을 듯하다.

남동생의 말에 일순 화수혜의 얼굴에 곤혹한 기색이 스쳤다. 가느냐 가지 않느냐의 문제로 이미 수백 번도 더 고민을 했었으며 심지어 남매끼리 헤어질 바에는 차라리 함께 죽자는 말까지 했었다.

하지만 어려운 과정 끝에 내려진 결정이기에 누나는 곧 단호한 표정을 지었다.

"누나가 가는 것 말고 더 좋은 방법이 있다면 말해봐."

"……."

화용군은 누나보다 더 곤혹한 표정을 지으며 아름다운 얼굴이 일그러졌다. 대답할 말이 없는 그는 울먹거렸다.

"누나……."

예쁘장하고 허약한 사내아이들이 거의 그렇듯이 화용군은 지독한 울보다.

부모님이 살아계셨을 때에도 겁 많은 울보였지만, 부모님이 돌아가신 이후에는 더 울보가 됐다. 그래서 누나를 더 힘들게 했다.

화수혜는 약해지려는 마음을 다잡았다. 남동생의 눈물에 다시 약해지면 아무것도 안 된다.

이 춥디추운 한겨울날에 비 오는 거리에서 굶어 죽거나 얼어 죽거나 둘 중 하나의 신세가 되리라는 것은 꼭 당해보지 않아도 뻔한 일이다.

둘 다 살 수 있는 길은 이것뿐이다. 그것이 이별보다는 훨씬 낫다.

이별도 영원히 헤어지는 것이 아니라 오 년 후에는 다시 만날 수 있다.

"어서 대답해라. 누나와 헤어지고 나면 반드시 백학무숙(白鶴武塾)에 들어갈 것이라고."

화용군은 눈물이 그렁그렁한 눈으로 누나를 말끄러미 바라보았다.

그는 더 이상 물러날 곳이 없다는 사실을 깨닫고 비로소 고개를 끄떡였다.

"알았어."

고개를 끄떡이는 바람에 두 눈에 고였던 눈물이 후드득 떨어졌다.

"꼭이다."

"웅."

화수예는 거듭 다짐을 주었다.

"그래서 오 년 후에 백학무숙을 마치게 되면 누나를 찾아오너라."

"꼭 누나를 만나러 올 거야. 그때까지 어디 가면 안 돼?"

"어딜 가긴… 우리 군아 올 때까지 꼼짝도 하지 않을 게다."

화수혜는 비로소 평소의 따스한 미소를 머금으면서 불쌍한 어린 남동생 화용군을 품에 안았다.

쏴아아—

겨울비가 아까보다 더 퍼부어대고 있다.

화수혜는 거리 건너편의 삼층 건물을 암울한 눈빛으로 물끄러미 바라보았다.

입구의 현판에는 '선아루(仙雅樓)'라고 적혀 있으며 비에 흠뻑 젖어서 더욱 선명해진 글씨가 그녀가 있는 곳에서도 잘 보였다.

지금은 낮이라서 문이 굳게 닫혀 있지만 밤만 되면 울긋불긋한 옷을 입고 화려하게 화장을 한 수십 명의 아름다운 노류장화(路柳墻花)가 웃음과 노래, 몸을 파는 기루로 탈바꿈할 것이다.

화수혜는 잠시 후면 저곳으로 들어가야만 할 테고, 그러면 어린 남동생 화용군은 세상천지에 기댈 사람 없는 혈혈단신 혼자가 될 터이다.

"누나……."

자꾸만 품속으로 파고드는 어린 남동생을 혼자 남겨두고 기루에 들어가야 하는 화수혜의 가슴은 갈가리 찢어지는 것만 같다.

자신이 웃음과 노래 그리고 심지어 몸까지 팔아야 하는 처지로 전락할 테지만, 지금은 그보다는 어린 남동생이 혼자가 되는 것이 더 걱정이다. 자신의 처지를 염려하고 슬퍼할 겨를조차 없는 것이다.

그렇지만 이대로는 살 수가 없다. 가진 것 한 푼 없는 남매는 이 겨울을 넘기지 못하고 죽고 말 것이다. 아니, 당장 오늘 밤 거리에서 얼어 죽을지도 모른다.

정처 없이 떠돌던 남매가 이곳 남경(南京)에 흘러든 것이 한 달 전이었다.

화수혜가 여기저기 품앗이나 허드렛일을 도우며 받는 형편없는 품삯으로는 남매 입에 풀칠하는 것조차도 어려웠으니 밤에 온전한 곳에서 자는 것은 언감생심 꿈조차 꾸지 말아야 했었다.

그러다가 그녀가 허드렛일을 돕던 주루 주방의 어느 여인네가 화수혜의 미모를 보고는 이렇게 고생을 할 바에야 기루로 들어가면 남매가 서로 배는 곯지 않고 추위에 떠는 일은 없을 것이라고 안타까운 마음에 입에서 침을 튀기며 자기 일처럼 열변을 토했었다.

그래서 화수혜는 많은 고민을 했었고 결국 오지랖이 넓은 그 여인네의 소개로 며칠 전에 저기 보이는 선아루를 찾아간

적이 있었다.

이제는 화수혜의 결정만 남았다. 그녀가 일어나서 저곳에 들어가기만 하면 그녀도 남동생도 최소한 굶어 죽거나 얼어 죽는 최악의 사태만은 피할 수가 있다.

화수혜는 지금은 자신이 독해져야 한다고 생각했다. 철없는 남동생을 자꾸만 달래고 어르는 것만이 능사가 아니다. 만남은 길어질수록 더욱 기쁘지만 이별은 짧을수록 덜 슬프다는 것은 만고불변의 진리다.

그녀는 입술을 꼭 깨물고는 필요 이상으로 냉정하게 품속의 남동생을 떼어냈다.

"가자."

그녀는 품에서 떨어지지 않으려는 남동생의 손을 꼭 잡고 겨울비 쏟아지는 거리로 나섰다.

한겨울 소나기가 쏟아지고 있는데도 두 사람은 허름하고 얇은 가을 옷을 입고 있다.

굶는 것은 그렇다 하더라도 이런 옷차림으로 아직까지 얼어 죽지 않은 게 이상할 정도다.

쿵쿵쿵—

화수혜가 기루 선아루의 굳게 닫힌 문을 두드리고 나서 얼마 지나지 않아 한 명의 하녀 차림의 여자가 문을 열고는 대뜸 냉랭하게 하대를 했다.

"무슨 일이냐?"

"송 대이(宋大姨)를 만나러 왔어요."

'대이'란 큰이모를 말하는데 이런 기루에서의 '대이'는 흔히 보모(鴇母:포주)를 가리킨다. 대놓고 '보모'라고 할 수 없으니까 좋게 '대이'라 부르는 것이다.

문을 열어준 하녀는 비에 쫄딱 젖은 화수혜의 아래위를 차갑게 훑어보고 나서 냉랭하게 물었다.

"누구라고 전할까?"

"소녀는 화수혜라고 해요."

"기다려."

쿵!

하녀는 들어오라는 말도 하지 않고 매몰차게 문을 닫아버렸다. 원래 대갓집 사람보다는 그 집의 개가 더 사납게 구는 법이다.

"으으으……."

누나의 품에도 안기지 못한 화용군은 얼굴이 새파랗게 질려서 곧 죽을 것처럼 온몸을 격렬하게 떨어댔다.

화수혜는 잠시 떼어놓았던 남동생을 다시 품속에 안고 두 팔로 꼭 감싸주었다.

잠시 후에 문이 열리고 조금 전의 그 하녀가 귀찮다는 듯한 얼굴로 말했다.

"들어와라."

화수혜는 남동생의 손을 잡고 안으로 이끌었다.

"군아, 들어가자."

"너 혼자 들어와라."

"네?"

화수혜는 깜짝 놀라서 쳐다보는데 하녀가 다그쳤다.

"들어오려면 너 혼자 들어오고 아니면 그냥 가거라."

사실 화수혜가 만나려고 하는 송 대이는 화수혜를 고이 데리고 들어오라고 하녀에게 지시했었다.

만약 송 대이가 지금 중대한 볼일을 보고 있는 중이 아니었다면 직접 화수예를 맞이하러 나왔을 것이다. 그 정도로 송 대이는 화수혜에게 기대가 컸다.

비록 열일곱 살 어린 나이지만 화수혜의 미모는 대단했고 몸도 매우 성숙했다.

급한 대로 몇 가지 재주를 가르쳐서 이대로 술자리에 내보내면 머지않아서 남경의 명기 반열에 들 것이라는 게 송 대이의 생각이었다.

화수혜는 비에 흠뻑 젖어서 떨고 있는 화용군의 양어깨를 잡으며 달랬다.

"군아, 누나가 금세 나올 테니까 어디 가지 말고 잠시만 기다리고 있어라."

"누나, 빨리 나와야 해."

화용군은 누나하고 오 년 동안 이별해야 하지만 지금 이런 식으로 헤어지는 것은 절대 아니라고 생각했다.

그는 벌써부터 물고기가 물 밖에 나와 있는 것처럼 초조해지기 시작했다.

안으로 들어가는 화수혜와 밖에 서 있는 화용군은 문이 닫히기 직전까지 손을 잡은 채 서로의 얼굴을 바라보았다.

탁!

쿵!

그런데 하녀가 매몰차게 두 사람의 손을 끊고는 문을 닫아버렸다.

화용군은 선아루 입구 처마 밑에 쪼그리고 앉아서 추위에 온몸을 와들와들 떨며 누나가 나오기만을 기다리고 있다.

늘 추웠으나 지금처럼 춥기는 처음이다. 필경 누나가 곁에 없기 때문일 것이다.

"으으… 누나……."

지금 잠시 누나와 떨어져 있는데도 이렇게 춥고 외로워서 죽을 것만 같은데, 앞으로 몇 년 동안이나 헤어져 있어야만 한다는 생각을 하니까 화용군은 걷잡을 수 없이 눈물이 쏟아졌다.

그긍…….

그때 문이 열리는 묵직한 소리에 화용군이 반가운 얼굴로 급히 돌아보았다.

그런데 기다리는 누나는 보이지 않고 아까 누나를 데리고 들어갔던 하녀가 문 안쪽에 서서 화용군을 차갑게 내려다보고 있었다.

"누나는……."

"자, 이거 네 누나가 주라는 것이다."

휙!

하녀가 들고 있던 옷과 주머니 하나를 던져 주었다.

철렁!

"앗!"

옷이 화용군의 얼굴을 온통 뒤집어 쌌고 주머니는 그의 머리에 맞았다가 발아래로 떨어졌다.

"아아……."

쿵!

그가 옷에서 벗어나려고 허우적거리고 있을 때 문이 굳게 닫히는 소리가 들렸다.

그는 급히 달려가서 주먹으로 문을 두드리며 소리쳤다.

탕탕탕!

"이봐요! 문 좀 열어요! 누나를 불러줘요!"

그러나 아무리 두드려도 한 번 굳게 닫힌 문은 열리지 않고 문을 두드리는 고사리 같은 손만 아팠다.

"흑흑… 누나……."

그는 굳게 닫힌 문을 긁으면서 흐느껴 울었다. 손톱에서 피가 흘렀으나 아픔은 조금도 느끼지 못했다.

쏟아지는 눈물 너머로 아까 손을 놓으며 애잔하게 바라보던 누나의 어여쁜 모습이 되살아났다. 그것이 누나의 마지막 모습이 될 줄은 상상도 못했었다.

선아루 앞에서 누나를 만나게 해달라고 문을 두드리며 한 시진 이상 울고 난 화용군은 차츰 진정하면서 마음을 다부지게 먹었다.

한 시진 동안 울면서 그는 몇 가지 사실을 깨달았다.

이곳에서 아무리 목 놓아 울어도, 그리고 문을 두드려도 누나는 나오지 않는다.

그러므로 세상에 철저하게 나 혼자만 남았다. 그것은 이제부터 나 혼자서 살아가야 한다는 뜻이다.

이제부터 나는 할 일이 있다. 누나의 말대로 백학무숙에 찾아가야 한다.

그래서 오 년 후 원하는 무술을 배우고 백학무숙을 마치면

반드시 누나를 만나러 올 것이다.

그래서 멸문한 가문을 일으켜 세울 것이다. 누나하고 둘이서 말이다.

화용군은 주먹으로 눈물을 닦고 하녀가 던져 준 옷을 이리저리 살펴보고는 입었다.

여자 옷이긴 하지만 두툼한 솜옷이라서 입으니까 금세 추위가 사라졌다.

이 옷은 아마도 누나가 추위에 떨고 있을 남동생에게 입힐 옷을 달라고 송 대이에게 부탁을 해서 받아낸 것일 게다. 그렇게 생각을 하니까 솜옷에서 누나의 사랑이 느껴졌다.

슥—

화용군은 질펀한 땅에 떨어져 있는 흙투성이 주머니를 주워 들었다.

손에 묵직함이 전해졌다. 그것은 누나가 선아루에 자신을 판 대가로 받은 것이다.

화용군은 주머니를 품속에 잘 챙겨 넣고는 여전히 굳게 닫혀 있는 선아루의 문을 물끄러미 응시했다.

그러고는 어금니를 꼭 깨물고 주먹을 움켜쥐며 힘 있게 중얼거렸다.

"기다려, 누나."

꼬박 이틀 동안 아무것도 먹지 못해서 뱃가죽이 등에 달라붙은 화용군은 우선 가까운 주루를 찾아 들어가서 뜨끈한 탕국과 만두를 허겁지겁 배부르게 먹었다.

죽을 것 같은 허기를 면한 그는 이어서 탁자에 주머니의 돈을 쏟고 선아루의 하녀에게서 받은, 아니, 누나가 자신을 팔아서 그에게 준 몸값을 세어보았다.

차르르…….

그 돈에 얽힌 피눈물 나는 사연 때문에 계속 눈물이 나서 몇 번이나 소매로 눈물을 닦으면서 세고 또 세었다.

반짝이는 은자로 모두 삼백 냥이다. 이백 냥은 백학무숙에 오 년치 수업료로 내고, 나머지 백 냥은 아껴서 오 년 동안 용돈으로 써야 한다.

은자 이백 냥을 내면 백학무숙에서는 오 년 동안 무술을 가르쳐 줄 뿐만 아니라 먹여주고 재워주니까 딴마음 먹지 않고 부지런히 공부를 하면 오 년 후에는 큰 성취를 이룰 수 있을 터이다.

화용군은 밥값으로 은자 한 냥만을 따로 놔두고 전부를 주머니에 다시 쓸어 담아 품속에 잘 갈무리한 후에 주루를 나섰다.

조금 있으면 날이 어두워질 테니 오늘은 백학무숙이 있는 제남으로 출발하기에는 늦었다.

그래서 오늘 밤은 객잔에서 자고 내일 아침 일찍 출발하는 것이 좋겠다고 생각했다.

돈이 있으니까 이제 더 이상 처마 밑이나 남의 집 헛간 같은 곳에서 자지 않아도 된다.

그렇더라도 이 돈은 누나의 몸값이니까 함부로 펑펑 써서는 안 된다.

칼로 내 몸을 찔러서 나오는 핏물처럼 아끼고 또 아껴 써야만 할 것이다.

주루에서 은자 한 냥을 내고 받은 거스름돈이 구리돈 사십구 냥 하고도 각전 몇 푼이 있으니까 어쩌면 그걸로 백학무숙까지 갈 수 있을 것이라는 생각이 들었다.

은자 한 냥 남짓으로 세상물정 모르는 계산법이지만 그 나이에는 그렇게 계산할 수도 있다.

주루에서 따뜻한 탕국에다 만두를 배불리 먹었는데도 구리돈 한 냥도 받지 않았다.

계산해 보니 닷 푼을 냈다. 은자 한 냥이 구리돈 오십 냥이고, 구리돈 한 냥이 각전 열 푼이니까 그렇게 배불리 먹고서도 반 냥이면 족하다.

그런데도 누나와 그는 그놈의 각전 닷 푼이 없어서 며칠째 쫄쫄 굶으면서 처마 밑에서 잠을 청했었다. 그 생각을 하니까 울컥 눈물이 치밀었다.

누나의 희생으로 두 사람 다 편해졌다. 솔직히 말하면 몸은 편해졌지만 마음은 갈가리 찢어진다. 하지만 그 때문에 누나가 어떤 삶을 살 것인지에 대해서는 더 이상 생각하지 않기로 했다.

지금으로썬 그가 할 수 있는 일이 전혀 없다. 누나 말에 따르는 것이 최선이다.

비가 그친 거리는 어느새 어두워져 있었다. 아무것도 가진 것이 없을 때의 거리는 을씨년스러운 지옥 같았으나 지금은 활기에 넘쳐 보였다. 참으로 간사한 것이 돈이다. 아니, 인간의 마음이다.

화용군은 오늘 밤을 묵을 객잔을 찾기 위해서 종종걸음으로 거리를 걸어갔다.

성내 한복판의 객잔은 비쌀 테니까 외곽의 허름한 객잔으로 갈 생각이다.

마침 생각나는 곳이 떠올랐다. 예전에 누나와 함께 며칠 묵었던 곳인데 그곳에 가기로 마음먹었다.

비가 와서 질척거리는 땅이 벌써 얼기 시작해서 걸을 때마다 발밑에서 버석거리는 소리를 내며 아우성을 쳤다.

해가 지니까 비가 그쳤는데도 낮보다 훨씬 추워졌다. 선아루에서 얻은 솜옷을 입었는데도 속에 입고 있는 옷과 몸이 젖은 상태라서 뼛속까지 얼어버리는 것 같다.

화용군은 걸음을 빨리해서 뛰듯이 걸어갔다. 오늘 밤부터 선아루에서 기녀 생활을 하면서 지내게 될 누나에 대한 생각과 내일부터 제남까지 먼 길을 떠날 생각이 더해져서 머릿속이 복잡했다.

저만치 거리 끝에 성내의 남쪽 외곽 성문이 나타나니까 화려함이 점차 사라지고 후줄근하게 낡은 점포들이 늘어서 있는 게 보였다.

사람의 왕래도 뜸해지고 반 시진 전보다 많이 어두워졌으며 더 추워졌다.

"흐으으……."

온몸을 와들와들 떨어대면서 종종걸음으로 걷고 있는 화용군의 시야에 저만치 허름한 객잔의 모습이 들어왔다.

그의 기억이 틀리지 않다면 '명야객점(明夜客店)'이란 이름일 것이다.

이렇게 남매가 헤어질 것이라는 사실을 몰랐을 때 두 사람은 '명야', 밝은 밤이라는 객잔 이름을 두고 웃는 여유마저 있었다.

저 객잔은 화용군 남매가 남경에 처음 왔을 때 그나마 지니고 있던 돈으로 이틀 동안 묵었던 곳이다. 하루 묵는 데 각전 세 닢이니까 거저나 다름이 없었다.

그때는 각전 세 닢이 그렇게 큰돈인지 몰랐었다. 그걸 아껴서 남매가 하루 동안 두 끼를 먹을 수 있다는 사실을 알았더라면 겁 없이 객잔에 묵는 철없는 행동은 하지 않았을 것이다.

빈대와 이가 들끓고 썩기 직전인 이불에서 악취가 풍기는 것만 견딜 수 있다면 그런대로 괜찮은 객잔이라는 기억이 화용군의 기억에 남아 있었다. 그래서 지금은 주머니에 돈이 두둑한데도 이곳을 찾아온 것이다.

화용군은 정말로 죽은 것처럼 깊은 잠에 빠져들었다.

이렇게 훌륭한 객잔의 제대로 된 침상에서 자보는 것은 거의 한 달 만이라서 머리를 바닥에 대자마자 정신을 잃어버린 것처럼 잠들어 버렸다.

꿈속에서 그는 멸문 당하기 전의 장원에서 누나와 부모님과 함께 즐거운 식사시간을 보내고 있었다.

툭툭…….

"……!"

그런데 웃으면서 밥을 먹는 도중에 갑자기 무언가 가슴을 잡아당기는 듯한 느낌이 들면서 부모님과 누나의 모습이 사라졌다.

그러고는 어렴풋이 잠에서 깨어나면서 냉엄한 현실 세계로 돌아왔다.

순간 그는 눈을 뜨기도 전에 누군가 품속에서 돈주머니를 꺼내 가려 한다는 사실을 깨달았다.

왜냐하면 주머니의 줄을 옷고름하고 묶어놓았기 때문에 누군가 주머니를 꺼내니까 자연히 옷고름을 잡아당기고 있는 것이다.

"누구……."

그가 눈을 뜨면서 놀란 얼굴로 중얼거리며 상체를 일으키자 주머니를 당기는 행동이 뚝 멈췄다.

아까 화용군이 객방에 들어오자마자 유등을 켜고는 끄지 않은 채 잠들었기 때문에 실내는 새벽의 여명처럼 부윰한 빛을 뿌리고 있다.

그러나 정면에서 주머니를 꺼내고 있는 자는 유등을 등지고 있어서 시커멓게 보였다. 그래서 괴물처럼 여겨졌고 공포가 확 엄습했다.

뚝!

"아……."

갑자기 앞에 선 암중인이 손을 확 잡아채자 주머니와 옷고름을 연결한 줄이 뚝 끊겼고 화용군은 나직한 탄성을 흘렸다.

"아… 안 돼! 이리 내놔!"

주머니를 뺏긴 화용군은 이성을 잃고 암중인에게 달려들면서 마구 두 팔을 휘두르며 악을 썼다.

암중인을 때리려는 것인지 주머니를 뺏으려는 것인지 불분명한 동작이다.

콱!

"아가리 닥쳐라. 쥐방울만 한 새끼야."

그때 느닷없이 뒤쪽에서 누군가 화용군의 뒷덜미를 거칠게 확 낚아채면서 낮은 소리로 위협을 하는 동시에 손으로 그의 입을 힘껏 틀어막았다.

화용군의 돈주머니를 뺏으려는 자는 혼자가 아니었다. 유등을 등진 채 돈주머니를 들고 있는 자와 화용군의 뒷덜미를 잡고 있는 자. 최소한 두 명이다.

"으읍… 읍……."

화용군은 사내에게서 벗어나려고 팔다리를 미친 듯이 버둥거렸다.

그 덕분에 입을 막은 손이 조금 느슨해지는 틈을 타서 그는 있는 힘껏 그 손을 물어뜯었다.

"왁!"

그리고 뒤쪽의 사내가 비명을 지르는 순간 그에게서 벗어나 돈주머니를 갖고 있는 자에게 달려들었다.

픽!

"헉!"

하지만 근처에 가지도 못한 상태에서 그자가 재빨리 내지른 발길질에 정통으로 가슴팍을 찍히고 허리를 꺾으면서 바닥에 엎어졌다.

쿵!

"끄으으......."

명치를 제대로 걷어채인 탓에 금방이라도 숨이 넘어갈 것만 같아서 화용군은 눈을 까뒤집고 가슴을 움켜잡은 채 온몸을 떨었다.

벌컥!

"왜 이리 소란이야?"

그때 누가 문을 열고 들어오면서 나직하게 외쳤다.

"이 쥐방울만 한 새끼가 손을 깨물었잖아."

픽!

손을 깨물린 사내는 쓰러져서 바들바들 떨고 있는 화용군의 옆구리를 신경질적으로 걷어찼다.

명치에 옆구리까지 채인 화용군은 머릿속이 새하얘지면서 정신이 몽롱해졌다.

명치를 채여서 숨을 쉬지 못하고 있는 상태라서 비명을 지르지도 못했다.

그런데 고통의 한계를 넘어섰는지 조금도 아프지 않고 오히려 편안함을 느꼈다.

하지만 남들이 봤을 때 그는 사지를 길게 뻗고 몸을 푸들푸들 떨면서 입에서는 게거품을 게워내고 있어서 죽어가는 모습에 다름 아니다.

그때 화용군은 그런 상황에서도 방금 실내로 들어선 사내가 누군지 알아보았다.

'저자가……'

그자는 객잔의 주인이었다. 짧은 수염을 기르고 손바닥을 비비는 버릇이 있는 염소처럼 생긴 삼십 대 사내다.

객잔 주인은 얼굴을 찌푸린 채 사내들을 꾸짖었다.

"이봐. 이렇게 소란을 부릴 줄 알았으면 저 어린놈을 나 혼자서 해치웠을 거야."

"킬킬킬… 그렇지만 방 숙은 이 새끼가 그렇게 큰돈을 갖고 있을 것이라곤 상상도 못했을 것 아니오."

"말이야 바른말이지 우리가 주루에서 이 새끼가 많은 은자를 세는 모습을 보고 따라왔으니까 방 숙도 한몫 챙기게 된 거요."

"하긴……"

객잔 주인 방 숙은 입맛을 다셨다.

화용군은 거기까지 듣고 나서는 가슴 저 밑바닥에서 분노인지 절망인지 모를 흐릿한 것이 스멀거렸다.

하지만 그러면 무슨 소용이겠는가. 그는 그걸 마지막으로 정신을 잃고 말았다.

'누나……'

세 명의 사내가 탐욕으로 눈을 희번덕이면서 돈주머니 속에 가득 담긴 은자 삼백 냥, 아니, 정확하게 이백구십구 냥을 삼등분해서 나누었다.

별로 한 일 없이 화용군이 있는 객방을 가르쳐 주기만 한 방 숙은 은자 구십구 냥에다 구리돈 구십구 냥까지 알뜰하게 챙겼다.

"방 숙, 이 새끼는 어떻게 할깝쇼?"

사내 한 명이 혼절한 화용군을 발끝으로 툭툭 건드리며 객잔 주인을 쳐다보았다.

"뭘 고민해? 저 밖이 황천(荒天)이잖아."

방 숙은 대수롭지 않게 턱으로 창을 가리키고는 은자를 담은 주머니를 품속에 넣으면서 더 이상 볼일이 없다는 듯 방을 나갔다.

객방에 남은 두 사내는 서로를 쳐다보며 히죽 징그럽게 미소 지었다.

이곳 객잔은 남경성 남쪽 외곽 끝에 위치해 있어서 창밖으로는 진회하(秦淮河)라는 강이 흐르고 있다.

남쪽 멀리에서 흘러온 진회하는 남경성 남쪽 외곽을 쓰다

듬듯이 감싸고는 서쪽과 북쪽으로 흘러 마지막에 장강으로
합류한다.

남경성 남쪽 외곽의 사람들은 웬만한 쓰레기나 오물은 죄
다 진회하에 버린다. 그러면 진회하가 알아서 장강을 거쳐 바
다까지 운반해 준다.

두 사내는 실내 바닥에 쓰러져 있는 화용군을 가볍게 들어
서 창밖으로 내던졌다.

풍덩!

잠시 후에 물 튀는 소리가 들렸다.

혼절한 상태에서 강물에 던져지면 십중팔구 죽는다. 그 말
을 달리 해석하면 십중일이(十中一二)는 살아날 수도 있다는
뜻이다.

하지만 사내들은 개의치 않았다. 화용군이 자신들의 모습
을 보지 못했다고 믿기 때문이다.

그러나 설혹 봤다고 해도 상관없다는 생각이다. 봤으면 어
떻다는 말인가.

쥐방울만 한 놈이 말이다. 돈을 찾겠다고 나타나면 이번에
는 제대로 명줄을 끊어버리면 된다.

제2장

건드리면 죽는다

화용군은 유유히 흘러가는 검은 강물에 파묻혀서 점차 아래로 가라앉았다.

그는 돈주머니를 꺼내던 사내에게서 명치를 걷어채이고 나서부터 숨을 쉬지 못하고 혼절했으며 그 상태가 아직까지도 지속되고 있는 중이다.

이윽고 그의 작고 여린 몸뚱이가 강바닥에 가라앉았다. 그렇지만 유유히 흐르는 유속(流速) 때문에 그는 바닥을 긁듯이 때로는 강바닥에 부딪쳤다가 위로 약간 퉁기듯이 떠오르면서 흘러갔다. 이 순간의 그는 강물과 일체가 된 듯하다.

쿡⋯⋯.

어느 순간 강바닥에 돌출한 뾰족한 돌이 그의 등을 강하게 찔렀고 그 충격에 번쩍 눈을 떴다.

그런데 믿어지지 않게도 그는 깨어나는 순간 전혀 놀라지 않았으며, 여기가 어디고 지금이 어떤 상황인지 따위의 의문이 조금도 생기지 않았다.

돌출한 돌부리에 등이 찔려 정신이 확 깨어나는 순간 자신이 객방에서 돈을 뺏기고 사내들에 의해서 강에 버려졌다는 사실을 마치 눈으로 보거나 누가 가르쳐 준 것처럼 선연하게 깨달았다.

이상한 일은 그뿐만이 아니다. 두들겨 맞아서 혼절한 상태로 깊은 강에 버려진 절체절명의 상황이건만 어째서인지 눈곱만큼도 겁이 나지 않았다.

더구나 조금만 무슨 일이 생겨도 반사적으로 떠오르던 누나의 자상한 모습이나 누군가에게 도움을 받아야 한다는 생각 같은 것은 아예 떠오르지도 않았다.

지금은 오로지 뺏긴 돈을 되찾아야겠다는 생각만 머릿속에 가득 찼다.

지금 이 순간에 돈주머니는 그의 목숨이나 다름이 없다. 그것을 잃으면 죽는 것이고 되찾으면 비로소 소생하는 것이라고 생각했다.

그리고 하나가 더 있다면 그것은 온몸에서 걷잡을 수 없이 뿜어지는 분노다.

상처 입은 어린 맹수가 인간이 쳐놓은 덫에 걸려서 필사의 몸부림을 칠 때 아마도 이런 분노를 느낄 터이다.

그것은 난생처음 겪어보는 이상한 경험이다. 흡사 폐부 저 깊은 곳에서 오랫동안 잠자고 있던 본능이라는 놈이 번쩍 눈을 뜬 것 같은 기분이다.

차디찬 강바닥을 긁으면서 떠내려가던 그는 필사적으로 팔다리를 휘젓기 시작했다.

지독히도 캄캄해서 아무것도 보이지 않기에 무조건 위로 떠올라야 한다는 일념뿐이다.

숨을 더 이상 참을 수가 없어서 강물을 꿀꺽꿀꺽 들이켜면서도 눈을 튀어나올 것처럼 부릅뜨고 악착같이 발버둥을 쳐 댔다.

하지만 물살이 워낙 세고 그의 발버둥이 워낙 보잘것없어서 상황은 조금도 나아지지 않았다. 거대한 자연의 힘 앞에서 그는 너무도 나약했다.

그는 그저 강물에 떠내려가는 다른 쓰레기들처럼 속절없이 떠내려갈 뿐이다.

숨이 너무 차서 허파가 터질 것 같은 상황 중에 그는 어떻게 해서든 흘러가는 것을 멈춰야겠다고 생각했다.

그래서 미친 듯이 두 팔을 허우적거리면서 주위에 잡을 만한 것을 찾았다.

"……!"

그때 뭔가 손에 잡혔다. 그는 막 바닥에 둥그렇게 솟은 커다란 바위 위를 스쳐 가고 있는 중인데, 바위에 뭔가 나뭇가지처럼 튀어나온 것이 있어서 그걸 움켜잡고는 결사적으로 매달렸다.

그것으로 물살에 떠내려가는 것이 일순간 멈춰졌다. 하지만 이제부터 시작이다.

물 위로 떠올라야만 하는데 이미 기진맥진해서 손가락 하나 까딱할 힘이 없는데다 물을 하도 많이 먹어서 정신이 아득해지고 있다.

아니, 어쩌면 그는 애당초 정신을 잃었으며 지금은 잠재적인 본능에 따라서 움직이고 있는지도 모른다.

드극…….

그런데 그때 손에 잡고 있는 나뭇가지 같은 물체가 부러지는 것인지 아니면 바위에서 뽑히는 것인지 느슨해지는 것을 느꼈다.

그 순간 그는 방금까지도 손가락조차 움직일 힘이 없었는데도 불구하고 어디에서 그런 힘이 솟았는지 뽑히기 직전의 물체를 더 힘껏 움켜잡고 불끈 힘을 주면서 몸을 힘차게 위로 끌어 올렸다.

"우웩! 웩!"

화용군은 강가에 엎어져서 가슴 아래쪽은 강물 속에 담그고 얼굴만 자갈밭에 얹은 채 들이켠 강물을 토해냈다. 얼마나 기를 쓰고 토하는지 창자까지 다 쏟아낼 것만 같다.

만약 그가 흘러가던 방향의 강 중간에 불쑥 솟은 모래언덕이 없었다면 그는 절대로 강물 속에서 빠져나오지 못하고 수중고혼이 되고 말았을 것이다. 어쨌든 그는 살아날 운명이었나 보다.

"콜록! 콜록… 캑… 캑……."

그는 엎드린 상태로 일각 이상 구역질과 기침을 해대며 강물과 눈물을 쏟아내면서 점차 안정을 찾아갔다.

그러면서 무슨 일이 있어도 기필코 강탈당한 돈을 되찾고 말겠다고 다짐에 다짐을 거듭했다.

한참 만에야 그는 천천히 몸을 일으켰다. 걷어채인 명치와 옆구리가 끊어질 듯이 아팠으나 돈을 뺏겼다는 절망감만큼은 아니다.

그극…….

그런데 무릎을 꿇고 힘겹게 일어서다 보니까 오른손에 쥐고 있는 뭔가가 자갈밭을 긁었다.

아까 강바닥에서 바위에 돌출된 물체를 붙잡았다가 뽑혔는데 그것을 아직껏 쥐고 있었던 모양이다.

그는 그것을 대수롭지 않게 버리고 천근처럼 무거운 걸음을 옮겼다.

쩽!

하지만 그는 방금 아무 생각 없이 버린 물체가 자갈에 부딪쳐서 내는 쇳소리 때문에 한 걸음도 옮기지 못하고 그쪽을 쳐다보았다.

검고 칙칙한 자갈밭에 스산한 달빛을 받아 푸르스름하게 반짝이고 있는 물체가 보였다.

'칼?'

그것이 얼핏 보기에 칼 같다는 생각이 든 화용군은 이끌리듯이 다가갔다.

"욱……."

가슴과 옆구리가 쪼개지는 것 같았지만 어금니를 악물고 몇 걸음 걸어가서 허리를 굽혀 칼이라고 짐작되는 물체를 어렵게 집어 들었다.

강물 속에서 그것을 쥐고 있을 때는 전혀 느끼지 못했었는데 다시 잡으니까 소름이 오싹 끼칠 만큼 싸늘한 기운이 손바닥을 타고 온몸으로 전해졌다.

매우 섬뜩하고 께름칙한 기분이라서 그는 순간적으로 그

걸 손에서 놔버렸다.

쨍강!

그것이 발아래 떨어져서 자갈에 부딪쳐 한 번 튀어 오르며 부스러기 같은 것들을 흩날렸다.

물끄러미 굽어보니까 방금 떨어뜨려서 흩날린 것은 쇠가 녹슨 녹 부스러기였다.

그것 몇 조각이 떨어져 나가는 바람에 그 물체의 본모습이 조금 더 드러났다.

아마 화용군이 그것을 처음에 버렸을 때 녹이 조금 떨어져 나가서 달빛에 반짝거렸으며, 반짝거림에 이끌려서 호기심에 집어 들었다가 다시 내버리는 바람에 또다시 녹이 조금 더 떨어져 나가 이제야 비로소 그것이 무엇인지 어렴풋하게나마 알아볼 수 있게 되었다.

그것은 분명히 칼이었다. 녹이 벗겨진 부분은 칼의 뾰족한 끄트머리이며 푸른빛을 발하는 칼날 반 뼘 길이가 드러나 있었다.

화용군은 돈을 되찾으려면 무기가 필요할지도 모른다는 생각에 그 자리에 웅크리고 앉아 칼을 평평한 돌 뒤에 내려놓고 적당한 돌을 집어 내려치기 시작했다.

아직도 칼의 칠 할 이상을 뒤덮고 있는 녹을 떨어내려는 것이다.

쨍! 쨍! 쨍!

적막한 밤하늘로 쇳소리가 날카롭게 퍼져 나갔다.

다행히 이곳은 성의 남쪽 외곽에서 바깥으로 벗어난 지역
이라서 인가가 없다.

아니, 설혹 집들과 사람들이 있더라도 그는 상관하지 않고
제 할 일을 할 것이다.

지금은 그런 것을 신경 쓸 때 아니다. 그의 머릿속을 가득
채우고 있는 것은 누나의 몸값으로 받은 돈을 되찾겠다는 일
념뿐이다.

녹이 다 벗겨진 그것은 일반적인 검이나 도의 형태가 아닌
기묘한 모양의 칼이었다.

우선 칼날이 없다. 분명히 칼의 양쪽 면(面)은 있으되 그저
손가락 한마디 정도가 평평할 뿐이고 어디가 칼등이고 어디
가 칼날인지 구분이 되지 않았으며 양쪽 다 너무 무뎌서 무조
차 썰어지지 않을 것 같았다.

그리고 보통의 검이나 도의 길이가 아무리 짧아도 석 자 이
상은 되는데 이것은 그 절반에도 못 미치는 한 자 반 정도에
불과했다.

그렇다고 해서 무기가 아닌가 하면 그것은 아니다. 손잡이
와 칼날의 구분이 뚜렷해서 무기인 것은 분명했다.

그렇지만 보통 도검에 있는 칼날과 손잡이를 구분하는 칼코등이가 없이 밋밋하다.

손잡이 쪽 끄트머리에는 무슨 고리 같은 것이 달려 있으며 손잡이에는 무슨 돌기 같은 것들이 울퉁불퉁 매우 거칠어서 한 번 손안에 잡으면 여간해서는 손에서 벗어날 것 같지 않았다.

그러나 만약 이 칼날의 끝이 송곳처럼 뾰족하지 않았더라면 화용군은 버리고 말았을 것이다.

베지도 찌르지도 못하는 무기라면 그건 무기가 아니라 무용지물이기 때문이다.

찌를 수만 있으면 일단 그것으로 됐다. 위협으로 끝날지, 이것으로 돈을 뺏은 놈들을 찌르게 될지는 모르지만 어쨌든 무기는 있어야 한다.

어두운 거리에서 캄캄한 골목 안으로 들어선 화용군은 오른쪽 첫 번째에 있는 평범한 나무문으로 조심스럽게 다가가 멈췄다.

그가 멈춘 곳은 객잔 명야루의 안채 출입문이다. 그는 무턱대고 객잔 입구로 쳐들어갈 정도로 바보가 아니다.

안채에는 객잔 주인의 가족들이 살고 있으며 객잔을 통하지 않고 이 문을 통해 자유롭게 드나든다.

화용군은 아까 객방에서 혼절하기 직전에 객잔 주인의 얼굴을 목격했었다.

잘못 본 것이 아니라 분명히 객잔 주인이었으며, 객잔 주인과 두 사내가 나누는 대화도 들었다.

그러므로 객잔 주인은 화용군의 돈주머니를 강탈하는 데 한몫했던 것이 틀림없다.

그렇기 때문에 화용군이 객잔 입구로 버젓이 들어가서 객잔 주인에게 돈을 내놓으라고 말한다면 되돌아오는 것은 돈이 아니라 주먹이나 칼일 것이다.

그렇게 될 것을 뻔히 예상하기 때문에 그도 나름대로 계획을 세웠다.

객잔 뒷문으로 들어가서 몰래 객잔 주인에게 접근하여 칼로 위협을 할 생각이다.

위협으로 통하지 않으면 찌를 수도 있다. 돈을 되찾기 위해서라면 무슨 짓이라도 할 각오가 되어 있다.

문 앞에 서서 안쪽의 기척을 살피는 그의 몸에서 아직도 물이 뚝뚝 떨어졌다.

희한한 일이다. 아까 낮에 누나하고 있을 때에는 너무 추워서 얼어 죽을 것 같았는데, 지금은 강물에 빠졌다가 나온 상태에 밤의 기온이 낮보다 몇 배나 추운데도 전혀 추위를 느끼지 않았다.

그러나 그는 그걸 이상하게 생각할 겨를이 없다. 지금은 오로지 돈을 되찾아야 한다는 일념뿐이다.

그런데 왼손으로 힘을 줘서 문을 밀었으나 잠가놓았는지 꼼짝도 하지 않았다.

예상하고 있던 터라서 조금도 당황하지 않고 문 옆의 담을 넘기로 했다.

담의 높이는 화용군의 키보다 절반 정도 더 높았다. 평소 같으면 절대로 넘을 엄두를 내지 못하겠지만, 당연히 넘어야 한다는 생각에 그는 두 손을 위로 뻗고 힘껏 껑충 뛰어 담에 매달렸다.

"으으……."

그런데 대롱대롱 매달려 있는 것만으로도 힘에 부쳐서 떨어질 것만 같다.

그렇지만 매달려 있기만 하면 아무 소용이 없다. 무조건 담을 넘어야만 한다.

두 팔에 힘을 주고 몸을 끌어당겼다. 이마와 목에 힘줄이 곤두섰고 두 팔이 바들바들 떨렸다.

"으으……."

부서질 듯이 악다문 어금니 사이로 신음 소리가 저절로 새어 나왔다. 조금만 걸어도 다리가 아프다면서 누나에게 업어 달라고 칭얼거리던 그로서는 매달려 있는 것만 해도 대단한 일이다.

그런 그가 연약한 두 팔로 몸을 끌어 올리고 있다. 이런 일은 처음이지만 그는 오래 매달려 있을수록 힘이 더 들고 끝내는 오르지 못할 것이라고 생각했다.

"후우… 후우……."

가만히 매달려 있으면서 숨을 고르며 두 팔에 힘을 모았다.

"이익!"

그러다가 한순간 단번에 폭발적인 힘을 내서 두 팔을 당기고 두 발끝으로는 담을 박차며 솟구쳐 담 위로 몸을 성큼 끌어 올리는 데 성공했다. 그러고는 주저하지 않고 담 안쪽으로 뛰어내렸다.

쿵!

두 발로 내려섰는데 왼쪽 발이 꺾이면서 무릎으로 지면을 내리찍었다.

무릎이 부서지는 것처럼 아팠으나 그것보다는 소리를 듣고 누가 나올까 봐 재빨리 주위를 두리번거렸다.

담 아래 잔뜩 웅크린 채 잠시 기다렸으나 다행히 아무도 나오지 않았다.

그가 넘은 담 안쪽은 마당이고 왼쪽에 안채가 있으며 오른쪽, 그러니까 거리 쪽으로 이 층의 객잔 건물이 있고 이곳 안채로 통하는 뒷문이 닫혀 있는 게 보였다.

화용군은 객잔 뒷문을 향해 마당을 가로질러 똑바로 재빨리 달려갔다. 이어서 뒷문 앞에 서서 살짝 잡아당기니까 힘없이 열렸다.

딸랑…….

그런데 문 위에 방울이 매달려 있다가 문이 열리니까 맑은 소리를 냈다. 문에 방울이 달려 있을 줄은 전혀 예상하지 못했었다.

문을 열고 들어가려다가 소스라치게 놀란 화용군은 동작을 뚝 멈췄다가 문을 그대로 조금 열어둔 채 급히 문 옆 벽에 등을 기대고 숨었다.

저벅저벅…….

"누구야?"

객잔 안쪽에서 누군가 걸어 나오는 발걸음 소리와 중얼거리는 목소리가 흘러나왔다.

화용군은 정신없이 허리춤을 더듬었다. 아까 강에서 얻은 칼을 마땅히 둘 곳이 없어서 노끈을 주워다가 허리춤에 묶어 놨었다.

그는 칼을 두 손으로 움켜잡고 몸을 잔뜩 옹송그린 채 뚫어지게 문을 쏘아보았다.

긴장 때문에 심장이 미친 듯이 두근거렸으며 온몸의 피가 다 머리로 몰려서 금방이라도 폭발할 것만 같았고, 눈을 깜빡

거리기만 해도 눈에서 핏물이 떨어질 것 같았다.

뒷문으로 오고 있는 사람은 필경 객잔 주인 방 숙일 터이
다. 그는 어른이라서 체구가 화용군에 두 배에 이르니 힘으로
는 절대 당해낼 수 없다.

그에게 발각되면 변명이고 자시고 필요 없이 그걸로 끝이
다. 돈을 강탈당하고 강물에 던져졌던 화용군이 여기에 다시
나타났다는 자체가 이미 설명이 다 된 것이다.

그렇다고 여기까지 와서 소득도 없이 순순히 물러난다거
나 돈을 돌려달라고 방 숙에게 애원하는 어줍지 않은 짓은 먹
히지 않을 터이다. 그럴 놈이면 애당초 돈을 빼앗지도 않았을
것이다.

딸랑—

방울 소리가 조금 전보다 더 선명하게 울리면서 문이 반쯤
열리고 한 사람이 문을 붙잡은 채 상체를 밖으로 내밀면서 주
위를 둘러보았다.

"바람인가……."

그때 그는 문 옆에서 하나의 작고 검은 인영이 자신에게 빠
르게 쇄도하는 것을 발견하고 깜짝 놀랐다.

푹!

"웬놈… 흑!"

화용군은 두 손으로 움켜잡은 칼을 방 숙의 옆구리에 있는

힘을 다해서 더욱 쑤셔 넣었다.

쑤우…….

처음에 반 뼘쯤 꽂혔던 칼이 다시 힘을 주니까 내장을 쪼개면서 더욱 깊숙이 쑤시고 들어갔다.

"끄으으…….."

방 숙의 눈이 부릅떠지고 입이 쩍 벌어졌다. 자신의 옆구리를 찌른 놈을 밀쳐 내고 싶지만 칼에 찔리는 순간 온몸의 힘이 쭉 빠져 버렸다.

화용군은 그 모습을 보면서 머리털이 쭈뼛하고 입안에 침이 바싹 말랐으며 가쁜 숨을 토해냈다.

"헉헉헉…….."

그때 방 숙의 커다란 몸이 화용군이 있는 쪽으로 스르르 기울어졌다.

"끄으으…….."

화용군은 자신이 칼로 찔렀을 때 방 숙이 발광을 하거나 반격을 가할 수도 있을 것이라고 예상했었는데 그런 일은 벌어지지 않았다.

방 숙이 기우뚱하면서 자신 쪽으로 쓰러지자 화용군은 그의 옆구리에 손잡이만 남긴 채 꽂혀 있는 칼을 놓고 두 손으로 그를 떠받들었다.

쿵!

그러나 어른의 무게를 감당하지 못하고 방 숙 밑에 깔리면서 무너지고 말았다.

"헉헉헉… 왜… 왜… 나를……."

방 숙은 아직 어떻게 된 영문인지 모르고 몸을 부들부들 떨면서 헐떡거렸다.

깔렸던 화용군은 겨우 빠져나와 끙끙거리면서 방 숙을 벽에 기대 앉혔다.

그러고는 방 숙 옆으로 가서 무릎을 꿇고 옆구리에 꽂혀 있는 칼을 다시 움켜잡고 가늘게 떨리는, 그러나 단호한 목소리로 입을 열었다.

"내… 내 돈 내놔라."

"끄으으……."

화용군은 방 숙이 힘겹게 고개를 돌려 이쪽을 보려고 하자 상체를 약간 움직여서 자신의 얼굴을 제대로 볼 수 있도록 해주었다.

"너……."

방 숙의 눈이 화등잔처럼 커졌다.

"으으… 그까짓 돈 때문에… 허억… 나를 찌르다니……."

그의 말대로 은자 삼백 냥 때문에 사람을 죽이는 것은 심한 처사라고 할 수 있다.

하지만 방 숙의 말에 화용군은 그때까지도 조금쯤 품고 있던 두려움을 깡그리 날려 버리고 그 대신 분노가 확 폭발하여 부드득 이를 갈았다.

"그래, 그까짓 돈 때문에 날 강에 버렸느냐?"

"그… 그건… 만보(彎補) 형제가 한 짓이다……."

화용군은 자신의 명치와 옆구리를 걷어차고 돈주머니를 뺏은 두 사내가 '만보 형제' 라는 사실을 알게 됐다.

그러나 지금은 눈앞에 벌어져 있는 일부터 해결하는 것이 순서다.

"어서 내 돈 내놔라."

그는 조금씩 더 용기와 배짱이 생겼다.

"끄으으… 돈을 줄 테니까… 어서 내 아내를… 불러… 다오……."

"부인이 내 돈을 갖고 있느냐?"

방 숙이 아내를 찾는 것은 의원을 부르기 위함이다. 옆구리를 칼에 찔렸기 때문에 의원이 아니면 자신을 살릴 수 없을 것이라고 판단했다.

그렇지만 세상 경험이 없고 순진한 화용군은 다르게 해석을 한 것이다.

"으으… 그… 렇다… 어서… 아내를 불러라……."

방 숙은 마당 건너편에 있는 아담한 집을 피 묻은 손을 뻗어 가리켰다.

화용군은 집 쪽을 쳐다봤으나 방 숙의 부인이 오면 돈을 되돌려 주기는커녕 죽어가는 방 숙을 보고는 아우성을 치며 소란을 피울 것이라고 생각했다.

화용군은 옆구리에 꽂힌 칼을 놓고 대뜸 방 숙의 품속을 뒤지기 시작했다. 어쩌면 그가 은자를 아직 갖고 있을지도 모른다고 생각했다.

"으으… 이놈아… 어서… 아내를…….”

방 숙은 두 팔을 버둥거리면서 금방이라도 고함을 지를 것 같은 기세라서 화용군은 급히 한 손으로 그의 입을 틀어막고 다른 손으로 계속 품속을 뒤졌다.

잠시 후에 그의 피범벅 손에 쥐어져서 나온 것은 하나의 비단 주머니다.

화용군이 뺏긴 것은 검은색의 가죽 주머니였는데 이건 아니다. 아마 방 숙 것인가 보다.

주둥이를 열어서 확인해 보니까 반짝이는 은자가 가득 들어 있다. 그래서 화용군은 그것이 필시 자신에게서 뺏은 돈이라고 판단했다.

얼마인지 세어볼 겨를은 없지만 삼백 냥 전부가 아닌 것만은 분명하다.

그는 비단 주머니를 얼른 자신의 품속에 쑤셔 넣고는 방 숙을 쏘아보며 물었다.

"만보 형제는 어디에 있느냐?"

그러면서 입을 막았던 손을 떼었다.

"으아아… 이놈아……."

그런데 방 숙이 대답을 하는 대신 눈을 허옇게 부라리면서 소리를 지르려고 하자 화용군은 황급히 왼손으로 그의 입을 다시 틀어막고 오른손으로는 칼을 움켜잡아 안으로 힘껏 더 쑤셔 박았다.

투둑… 툭…….

칼끝이 뼈를 자르는지 창자를 자르는지 이상한 소리를 내며 안으로 더욱 쑤셔 박혔다.

이 칼은 칼코등이가 없기 때문에 마음만 먹으면 손잡이까지 다 몸속으로 쑤셔 넣을 수 있다.

그러고서도 화용군은 눈 하나 까딱하지 않고 칼을 잡은 손에 힘을 주며 재차 물었다.

"만보 형제는 어디에 있느냐?"

"으읍… 읍……."

방 숙은 너무 고통스러워서 푸들푸들 떨며 몸을 뒤챘다.

하지만 화용군은 그가 대답을 하지 않고 버틴다는 생각에 그의 옆구리에서 칼을 쑥 뽑아 이번에는 가슴 한가운데를 힘껏 찔렀다.

푹!

"끅!"

칼이 뽑힌 옆구리에서는 피가 샘물처럼 콸콸 쏟아졌고, 가슴에 두 번째 칼을 찔린 방 숙은 눈이 찢어질 것처럼 한껏 부릅떠졌다.

"만보 형제는 어디에 있느냐?"

세 번째 질문에 이르러서는 방 숙은 자신이 고통에 몸부림치다가는 또다시 칼에 찔릴 것이라는 생각에 헐떡거리면서 겨우 대답했다.

"끄으으… 그들… 은 북… 하진(北河鎭)… 에 산… 다…….."

남경의 지리를 잘 모르는 화용군은 북하진이 어디냐고 물으려다가 그만뒀다.

방 숙이 두 눈을 허옇게 까뒤집고 몸을 마구 푸들푸들 떨면서 혀가 목구멍 안으로 말려들어 가는 소리로 애원했기 때문이다.

"끄으으… 사… 살… 려… 줘…….."

가슴에 칼을 꽂고 죽어가는 방 숙의 처절한 모습을 보자 화용군은 소름이 오싹 끼쳤다. 자신이 이런 짓을 했다는 것이 믿어지지 않았다.

그는 부지중에 주춤 뒤로 한 걸음 물러났다가 급히 마당을 가로질러 도망치듯이 뛰어갔다.

그러다가 걸음을 멈추고 다시 방 숙에게 달려가서 그의 가슴에 꽂혀 있는 칼을 뽑았다.

촤악!

옆구리에 이어서 가슴에서도 피가 뿜어지는데도 방 숙은 축 늘어져서 부들부들 떨기만 할 뿐이고 두 눈에는 이미 동공이 사라졌다.

방 숙의 가슴에서 뿜어진 피가 얼굴과 상의에 끼얹어지자 화용군은 뜨거움을 느끼고 번쩍 정신을 차려 급히 담을 넘어 골목으로 떨어졌다.

쿵!

너무 긴장하고 당황해서 문을 열고 나가도 된다는 사실을 깨닫지 못했다.

골목에 굴러떨어진 그는 고통조차 느끼지 못하고 두 손과 두 다리로 벌벌 기어서 거리까지 나왔고, 거기서부터는 일어나 비틀거리며 걸어갔다.

화용군은 다시 인적이 없는 진회하 강가로 내려왔다.

그는 캄캄한 강가에 퍼질러 앉아서 피 묻은 옷과 몸, 두 손, 칼을 깨끗이 씻었다.

옷에는 피가 너무 많이 묻어서 아예 차디찬 강물 속에 들어가서 옷을 빨다시피 했다.

오늘 하루 종일 옷이 마를 날이 없다. 가만히 있는데도 이

빨이 마구 부딪쳤고 몸이 나뭇가지 끝에 매달린 나뭇잎처럼 미친 듯이 떨렸다.

추워서인지 두려움 때문인지 그 자신도 알지 못했다. 그저 주체하지 못할 정도로 떨릴 뿐이다.

두 손과 옷에서 핏물이 충분히 빠졌는데도 그는 강물 속에서 나오지 않고 계속 옷을 문지르고 손을 씻었다. 강물로도 씻어지지 않는 그 무엇을 씻어내고 있는 것 같았다.

지금 그의 머릿속에는 아까 칼에 찔려서 피를 쏟으며 고통에 몸부림치던 방 숙의 모습이 가득 차 있었다.

세상에 태어나서 그런 끔찍한 광경은 처음 본다. 그런데 그것이 다른 사람도 아닌 화용군 자신이 한 짓이라는 것 때문에 심장이 벌렁거렸다.

아무리 독한 마음을 먹어도, 그리고 뺏긴 돈을 되찾는다는 뚜렷한 명분이 있더라도 사람의 몸을 두 군데나 칼로 찌른 행위는 열두 살 어린 소년으로서는 죽어서도 잊지 못할 충격적인 일이 분명하다.

방 숙은 옆구리와 가슴 두 군데를, 그것도 깊이 찔려서 피를 콸콸 쏟았으니 필경 죽을 것이다.

"으흐흐… 죽어도 싸……."

문득 화용군은 덜덜 떨면서 중얼거리더니, 곧 독한 표정을 지었다.

"그런 놈은 뒈져도 싸다……."

돈을 강탈하지 않았으면 죽는 일도 일어나지 않았을 것이다. 그러므로 그가 죽은 것은 자업자득이다, 라고 생각하니까 마음이 한결 가벼워졌다.

화용군은 칼 뒤꽁무니 고리에 묶어두었던 줄이 끊어졌다는 사실을 알게 되었다.

길바닥에 떨어져 있는 줄을 주워서 대충 묶은 것이라서 끊어졌다고 해도 이상하지 않은 일이다.

"으흐흐……."

그는 이상한 소리를 내면서 몸을 격렬하게 와들와들 떨었다. 공포가 사라진 지금까지도 몸이 떨린다는 것은 순전히 추위 때문이다.

옷은 물론이고 몸마저 다 젖었으니 뼛속까지 얼어버린 게 당연하다.

그는 손에 칼을 쥐고 주위를 두리번거리며 묶을 만한 것을 찾았으나 이런 강가에 마땅한 게 있을 리가 없다.

칼의 길이가 한 자 반이라서 품속에 넣기는 길다. 자칫하다가는 찔리기 십상이다.

손에 쥐고 다니는 것은 눈에 너무 띄고 그나마 허리춤에 차는 것이 좋은데 줄이 없다.

만보 형제를 상대하려면 반드시 칼이 필요하다. 방 숙의 경우를 봐서도 칼은 절대로 있어야 한다.

만보 형제는 방 숙보다 더 어려운 상대일 것이다. 화용군이 봤을 때 그들은 거리의 막 굴러먹은 건달이 분명했다. 그러므로 기회가 생기면 무조건 불문곡직 그들을 찌르고 나서 일을 해결해야 할 것 같았다.

칼 손잡이 뒤쪽에는 손톱 크기의 고리가 하나 있으며 거기에 줄을 묶었었는데, 끊어진 줄 부스러기가 남아 있어서 그는 달달 떨리는 손으로 그걸 푸느라 끙끙거렸다.

착…….

그런데 고리 안쪽에 톡 튀어나온 무언가를 스치듯 건드렸더니 무슨 소리가 작게 났다. 그래서 자세히 들여다보니까 고리 안쪽에 반짝이는 터럭 같은 것이 붙어서 달빛에 반사되어 반짝거렸다.

물고기 가시 같은 것이 묻었나 싶어서 손가락으로 잡아 떼어내려고 했다.

사아아…….

그런데 가시라고 생각했던 것이 한 자 이상이나 돌돌거리면서 길게 풀려나왔다.

'뭐지?'

궁금해서 이리저리 살펴보았으나 너무 캄캄해서 칼자루

고리 주변에 가시처럼 반짝거리는 것만 보일 뿐 무엇인지 분간할 수가 없다.

화용군은 방 숙을 죽인 명야객점하고는 반대 방향으로 가다가 어느 주루의 창틈으로 빛이 흘러나오는 것을 보고 그곳에 멈추었다.

그는 주위를 살펴 사람이 없는 것을 확인한 후에 소매 속에 감추었던 칼을 꺼내 빛으로 가져가서 조금 전에 본 가시 같았던 것이 무엇인지 자세히 살폈다.

정확한 것은 아니지만 그것은 매우 가느다란 실이었으며 고리 안쪽의 아주 작은 구멍 속에서 나온 것이다.

실을 잡아당기니까 거미가 거미줄을 토해내듯이 계속 슬슬 나왔다.

툭, 하는 소리가 나더니 더 이상 나오지 않았는데, 그때까지 나온 실의 길이가 대충 잡아도 자그마치 삼십 장이 넘는 것 같았다.

칼의 손잡이 고리의 구멍 속에서 나온 가느다란 실의 길이가 무려 삼십여 장이라니 믿어지지 않는 일이다.

화용군은 옷가게에 가서 자신에게 딱 맞는 푹신한 솜옷 한 벌과 가죽신 한 켤레씩을 샀다.

솜옷과 가죽신을 하나씩 사는 데 구리돈 열다섯 냥을 지불했다. 은자 한 냥이 구리돈 오십 냥이니까 그다지 비싼 것은 아니다.

그는 옷가게 점원에게 북하진이 어디에 있는지 자세하게 알아냈다.

남경성 밖의 서쪽 장강 가까운 곳에 있는 강변 마을이 북하진이라는 것이다.

그곳에 가려면 내일 아침에 성문이 열려야 하므로 오늘 밤은 객잔에서 자기로 했다.

그는 명야객점에서의 일로 큰 교훈을 얻었다. 어수룩하게 보이면 상대가 만만하게 여긴다는 것이다. 그러므로 이제부터는 당당하게 행동하려고 애써야 한다.

제3장

———

야
차
도
(夜
叉
刀
)

객잔에서 잠을 잔 화용군은 악몽에 시달리면서 밤새 잠을
설쳤다.

그는 동이 트기 전에 일어나 멍하니 누워 있다가 이윽고 탁
자에 촛불을 켜고 그 아래에서 칼에 대해 집중적으로 살펴보
기 시작했다.

녹이 아직 완전히 벗겨지지 않았으나 전체적인 모습은 그
저 푸르스름한 쇠꼬챙이처럼 생겼다.

그는 아까 임시로 칼 손잡이에 둘둘 감아놓은 가느다란 실
을 풀었다.

실을 솔솔 잡아당겨서 풀기는 풀었는데 구멍 속으로 다시 집어넣을 수가 없어서 임시방편으로 손잡이에 감아두었던 것이다.

칼을 들어 촛불에 가까이 대고 고리 부분을 집중적으로 자세히 살펴보았다.

고리 안쪽에 실이 나온 쌀알 크기의 작은 구멍이 있으며 그 맞은편에 역시 쌀알 크기의 작은 돌기가 튀어나와 있는 것을 발견했다.

돌기를 살짝 눌러보았다.

착…….

사아아ㅡ

그러자 실이 삽시간에 사라져 버렸다. 눈을 뜨고 있으면서도 제대로 보지 못해서 실이 구멍 안으로 들어갔는지 어쨌는지 확인을 하지 못했다.

그런데 구멍조차도 사라져 버렸다. 너무 매끈해서 어디에서 실이 나왔었는지 모를 정도다.

화용군은 아까 강가에서도 고리 안을 더듬다가 자신이 돌기를 눌러서 실 끝이 튀어나왔을 것이라고 짐작했다. 긴장된 마음으로 돌기를 다시 살짝 눌러보았다.

착.

아주 작은 소리가 났으며, 이번에는 분명히 보았다. 소리와 함께 역시 구멍이 열리면서 실 끝이 손가락 한 마디 정도 길이로 살짝 튀어나왔다.

실이 어떤 용도이고 구멍이나 돌기가 왜 있는 것인지 이유를 떠나서 그 사실이 몹시 신기했다. 이번에도 실을 살살 잡아당겨 보았다.

사아아……

풀잎이 바람에 스치는 소리가 나면서 가느다란 실이 계속 풀려나왔다.

차륵―

어느 순간 줄이 더 이상 풀려나오지 않으면서 약간 팽팽해지며 구멍 안에서 작은 소리가 났다.

스아아―

순간 풀려나왔던 실이 순식간에 구멍 안으로 사라져 버렸다.

"아……"

화용군은 새로운 사실을 알게 되어 자신도 모르게 기쁜 표정을 지으며 나직한 탄성을 토했다.

실이 마지막까지 풀려나왔을 때 팽팽해지면 다시 구멍 안으로 순식간에 회수되는 것 같았다.

그래서 다시 한 번 시도해 보았다. 돌기를 눌러 실을 마지막까지 끄집어낸 다음에도 계속 잡아당기니까 어느 순간 실이 팽팽해졌다.

차륵…….

조금 전의 그 음향이 나면서 밖으로 끄집어냈던 삼십여 장 길이의 실이 또다시 눈 깜짝할 새에 들어가 버리고 구멍조차 사라졌다.

그것으로 화용군은 실이 다 풀렸을 때 고리 안쪽의 돌기를 누르거나 실을 팽팽하게 만들면 실이 다시 감긴다는 사실을 확인했다. 이후에도 몇 번이나 다시 시험해 봤지만 결과는 똑같았다.

문득 실 끝을 손목에 묶고 칼을 소매 안에 넣으면 좋겠다는 생각이 들었다.

'그런데 실이 너무 가늘어.'

문제는 실이 터무니없이 가늘어서 조금만 세게 잡아당겨도 끊어질 것 같다는 것이다.

그는 아무 의미 없이 그냥 실을 양손으로 잡고 가볍게 잡아당겨보았다.

그런데 실이 팽팽하게 당겨져도 끊어지지 않을 뿐만 아니라 실이 손가락으로 파고들어서 피가 날 지경이다. 더 세게 잡아당기면 손가락이 잘라질 것만 같았다.

'이거 혹시…….'

생각했던 것보다 실이 질길 수도 있다는 생각이 들었으나 시험을 해볼 방법이 없다.

그리고 칼의 고리 속에 그런 기묘한 장치를 만들고, 또 그렇게 길고 가느다란 실을 넣어두었다는 것은 분명히 쓰임새가 있기 때문일 테지 그냥 아무 이유 없이 그러지는 않았을 것이라는 생각도 들었다.

화용군은 동이 트자마자 객잔을 나와 가까운 병기점(兵器店)으로 달려갔다.

"이것을 깨끗하게 손질해 주고 손목에 찰 수 있도록 손목용 칼집을 만들어주시오."

그는 병기점 문을 열고 있는 덥수룩한 수염의 주인 초로인에게 칼을 내밀었다.

자신을 어리다고 깔보지 못하도록 짐짓 목소리를 굵게 하고 당당하려고 애쓰는 것을 잊지 않았다.

병기점 주인은 칼을 받아 이리저리 살펴보면서 건성으로 중얼거렸다.

"칼은 허리에 차거나 어깨에 메는 것이지 팔에 차는 것이 아닐세."

"만들어달라면 그대로 해주시오."

주인은 화용군을 힐끗 쳐다보았다. 화용군은 찔끔했으나 지지 않고 눈을 부릅뜨고 주인을 쏘아보았다.

"알았네."

주인은 화용군의 양팔을 번갈아 쳐다보았다.

"어느 팔에 찰 건가?"

"오른팔이오."

"소매를 걷어보게."

"왜 그래야 하오?"

의심이 많아진 화용군은 싸늘하게 물었다. 이번에는 일부러 그러려는 것이 아니라 주인의 요구에 저도 모르게 목소리가 싸늘해졌다.

주인은 화용군의 지나친 반응에 좀 뜨악한 표정을 짓더니 미간을 찌푸리며 그의 오른팔을 가리켰다.

"팔의 길이를 알아야지만 칼 길이하고 맞출 게 아닌가? 그냥 대충 만들어달라고 하면 그러겠네. 원, 어린 사람이 뭘 그리 딱딱한가?"

슥—

화용군은 말없이 오른팔 소매를 걷었다.

주인은 칼을 그의 팔에 대보았다.

"칼이 바깥으로 드러나지 않게 소매 속에 감춰야겠지?"

"그렇소."

주인은 턱을 모로 꼬았다.

"곤란한데? 칼이 더 길잖은가."

칼이 팔보다 길다는 것이 아니라 손목에서 팔꿈치까지 길
이보다 길다는 뜻이다.

"해달라고 하면 해주긴 하는데 오른팔을 구부리지 못하게
될 걸세. 구부리면 손목이나 손바닥이 찔릴 게야. 그래도 하
겠나?"

화용군은 잠시 생각하더니 고개를 끄떡였다.

"해주시오."

"기다리게."

주인은 칼을 갖고 병기점 안으로 들어갔고 화용군은 그를
뒤따라갔다.

"거기 진열된 무기들이나 구경하고 있게."

주인은 점포 안쪽의 작업장에 자리를 잡고 앉아서 칼집을
만들 가죽 따위를 이리저리 뒤적이면서 화용군을 쳐다보지도
않고 말했다.

주인이 칼집을 만드는 데 생각보다 시간이 오래 걸렸다.

화용군은 주인에게서 조금 거리를 두고 서서 그가 칼집을
만드는 모습을 진지하게 지켜보았다.

주인은 평소에도 그러는지 아니면 지금만 그러는 것인지
무서울 정도의 집중력으로 칼집을 만들었다. 화용군이 보고
있다는 사실도 모르는 것 같았다.

"사실은……."

화용군은 불쑥 말을 꺼냈다.

"칼을 던졌다가 회수했으면 좋겠소."

칼 고리에 실이 있는 것을 알고 나서 생긴 욕심이다.

주인이 손을 뚝 멈추더니 칼을 집어 들고 화용군을 쳐다보면서 그걸 이제 말하면 어떻게 하느냐고 핀잔하는 듯한 표정을 지었다.

"이 칼 손잡이에 고리가 있으니까 가능한 얘기지."

그는 많이 양보한 듯 고개를 끄떡였다. 어차피 하나를 추가하면 그만큼 돈을 더 받으면 된다.

"줄이라… 어떤 게 좋겠나?"

"줄은 거기에 있소."

화용군이 칼을 가리키자 주인은 옆에 놓인 칼을 집어 들고 이리저리 살피다가 손잡이 고리 안쪽의 쌀알만 한 돌기를 살짝 눌렀다.

착—

"호오……."

화용군은 매우 어렵게 찾아낸 비밀을 그는 병기점 주인답게 금세 찾아내고는 감탄 어린 표정을 지으면서 고리의 구멍에서 실을 일 장 이상 풀었다.

"이거 물건인데?"

그는 아까 칼의 녹을 제거하고 깨끗이 손질하고 나서 이 칼이 범상한 무기가 아니라는 것을 한눈에 알아보았다. 하지만 칼의 내력에 대해서는 전혀 알지 못했다. 그는 칼에서 시선을 떼지 않고 입술에 침을 묻혔다.

"이거 나한테 팔게."

주인이 칼을 들어 보이면서 말했다.

화용군은 칼의 가치가 얼마나 하는지 궁금하여 주인을 떠보기로 했다.

"얼마 주겠소?"

"얼마나 원하나?"

"말해보시오."

"음……."

주인은 칼과 화용군을 번갈아 쳐다보면서 미간을 잔뜩 좁히며 생각했다.

그는 칼의 가치를 저울질하는 것이 아니라 대관절 얼마를 줘야지만 이 어린놈이 선뜻 칼을 팔겠다고 할 것인지를 고민했다.

"은자 백 냥 내겠네."

하지만 화용군은 주인의 의도를 알지 못하고 칼이 은자 백냥의 가치가 나가는 것이라 생각했다.

"됐소."

그는 눈이 번쩍 뜨이고 가슴이 두근거렸으나 내색하지 않으려고 애쓰며 단칼에 잘랐다.

"이백 냥. 더 이상은 안 되네."

그런데 주인이 다시 곱절을 불렀다.

화용군은 주인에게서 칼을 뺏어서 병기점을 뛰어나가고 싶은 것을 간신히 참았다.

"안 팔겠소."

주인은 눈살을 찌푸렸다.

"다른 곳에 가져가 봐야 그 이상 받기는 어렵네."

그는 화용군이 대꾸하지 않자 몇 마디 더 구시렁거리다가 하던 일을 계속했다.

화용군은 강 깊은 곳에서 생사를 넘나드는 과정에 건진 그의 목숨을 구해준 칼이 보통 칼이 아니라는 사실에 함성을 지를 정도로 기뻤다.

더구나 그게 한두 푼도 아니고 무려 은자 이백 냥의 가치를 갖고 있다니 자신의 귀로 들었으면서도 좀처럼 믿어지지 않았다.

칼집은 무려 한 시진 반 만에 완성되었다.

"상의를 벗어보게."

검은 비늘이 촘촘한 가죽으로 만든 칼집은 양쪽 어깨에 걸게 되어 있어서 화용군은 상의를 벗었다.

속옷을 입지 않은 그의 상체는 빈약하기 짝이 없었다. 제대로 못 먹어서 희고 누리끼리한 살결에 때가 끼고 갈비뼈와 어깨뼈가 눈에 띄게 앙상했다.

"쯧쯧……."

주인은 화용군의 앙상한 상체를 보고는 혀를 차더니 칼집을 들고 그의 뒤쪽으로 와서 입혀주었다.

"잘 보게. 다음부터는 혼자서 입어야 할 테니까."

칼집은 마치 한 벌의 미완성 동의(胴衣:조끼) 같았다. 옷소매처럼 양팔을 껴서 입은 후에 가슴 앞에서 가죽 끈으로 단단히 동여매고, 오른쪽 팔에는 어깨에서 팔꿈치 아래까지 이르는 칼집을 찼다.

아니, 옷소매에 팔을 넣는 것처럼 좁은 가죽 칼집에 오른팔을 힘들여서 집어넣었다.

처음 입는 것이라 그런지 주인이 도와주는데도 일각이나 걸렸으며 그것만으로도 화용군은 많이 지쳤다.

주인은 어이없다는 표정을 지었다. 그는 화용군의 언행으로 미루어 비록 나이는 어리지만 무가(武家)의 자손일 것이라고 짐작했던 것이다.

그런데 이제 보니까 무가는커녕 비루먹은 강아지 같은 몸뚱이를 갖고 있었고 체력은 그것보다 훨씬 형편없었다.

"쯧쯧… 그래 갖고 칼이나 제대로 뽑겠나?"

주인은 칼을 들고 와서 오른팔 칼집에 손잡이부터 거꾸로 꽂아주었다.

슥―

주인은 칼 손잡이 끄트머리의 고리가 팔꿈치 위쪽 가죽이 없는 부분으로 모습을 드러내자 고리 안쪽의 돌기를 눌러서 실이 나오게 했다.

그러고는 실을 잡아당겨서 팔꿈치 위쪽 어깨 아래 일부러 가죽을 턱이 지도록 만든 부위에 두어 바퀴 감아서 단단하게 묶어주었다.

"이제 칼을 빼보게."

화용군이 오른팔 팔꿈치 아래로 반 뼘쯤 나와 있는 칼을 왼손으로 잡아서 뽑으려고 하는 것을 보고 주인이 눈살을 찌푸렸다.

"자네 왼손잡이인가?"

"아니오."

"그런데 왜 왼손으로 칼을 뽑는 건가?"

"그야 칼집을 이런 식으로 만들었으니까……."

"오른팔을 슬쩍 털어서 칼을 아래로 흘러내리게 해보게."

화용군이 푸념을 하자 주인이 듣기 싫다는 듯 그의 말을 잘랐다.

화용군은 왼손을 놓고 주인이 시키는 대로 오른팔을 아래로 쭉 뻗은 다음 한 차례 가볍게 털듯이 흔들었다. 그렇지만 칼은 요지부동 나오지 않았다.

"요령이야. 한 번 더 강약 조절을 해서 안에서 바깥쪽으로 털어보게."

화용군은 주인 말대로 조금 더 강하게 그리고 끊듯이 절도 있게 팔 아래쪽을 흔들었다.

스르······.

그러자 칼이 아래로 흘러 내려오는 것을 오른손으로 재빨리 잡았다.

"아······."

그러나 제대로 잡지 못해서 뾰족한 칼끝에 손바닥을 조금 찔리고 말았다.

화용군은 일단 칼을 빼는 요령을 알았으니까 앞으로 부단히 연습하리라 마음먹었다.

주인은 오른손에 칼을 잡고 있는 그를 보면서 또 다른 설명을 해주었다.

"그 상태에서 칼을 던졌다가 줄을 잡아당기면 되돌아올 걸세. 그건 자네 집에 돌아가서 연습하게."

주인은 칼을 던졌다가 회수하는 데 얼마나 많은 연습을 해야지만 손이 찔리거나 다치지 않고 능숙해질 것인지에 대해서는 말해주지 않았다.

　주인은 아침 시간을 너무 많이 뺏겼기 때문에 화용군이 빨리 가주기를 바라는 것 같았다.

　"그런데 줄이 끊어지지 않겠소?"

　화용군이 염려하던 것을 넌지시 묻자 주인은 열흘 삶은 호박에 이빨도 들어가지 않는다는 표정을 지었다.

　"턱도 없는 소리. 북해(北海) 천심강사(千深剛絲)를 자를 수 있는 무기는 당금 천하에 존재하지 않을 게야."

　화용군은 '천심강사'가 무엇인지 모르지만 대단할 것이라는 직감이 들었다.

　칼의 내력이 하나씩 밝혀질수록 화용군은 흥분과 기쁨을 억제하지 못할 지경이 되었다.

　그는 아까 주인이 칼집을 만드는 동안 점포 안을 서성거리면서 구경하다가 봐두었던 예리한 단검 한 자루를 집어서 주인에게 내밀었다.

　"이건 얼마요?"

　칼날이 예리한 칼도 한 자루쯤 필요할 것 같았다.

　주인은 화용군이 내민 칼을 힐끗 보더니 손을 저었다.

　"칼집이 예상보다 비싸게 먹혔으니까 그건 그냥 주도록 하겠네."

　화용군은 조금 긴장했다. 흥정을 하지 않고 칼집을 만들어

달라고 했으니까 이젠 주인이 부르는 게 값이다. 달라는 대로 줘야만 한다.

"얼마요?"

"은자 닷 냥이야."

화용군은 예상했던 것보다 많지 않아서 안도했다. 하지만 그의 표정이 변함없자 주인이 설명했다.

"칼집을 만드는 데 아껴두었던 흑화리(黑火鯉)의 가죽을 사용했네. 흑화리의 가죽은 불에 타지도 않고 웬만한 칼로는 흠집도 내지 못할 걸세."

흑화리라는 이름으로 봐서는 대단한 잉어의 가죽인 듯했다.

화용군은 은자 닷 냥을 지불하고 병기점을 나섰다.

그의 등 뒤에서 주인의 목소리가 들렸다.

"언제든지 야차도(夜叉刀)를 팔고 싶으면 오게. 은자 이백 냥은 쳐줌세."

화용군은 혹시나 하는 마음에 걸어가면서 칼을 뽑아 잘 살펴보았다.

원래는 녹이 채 떨어지지도 않았고 때가 꾀죄죄해서 볼품 없었는데, 병기점 주인이 녹을 다 제거하고 기름칠을 하는 등 깨끗하게 다듬은 덕분에 칼 전체에 푸르스름한 빛이 반짝거리고 일견하기에도 범상한 모습이 아니다.

그렇지만 칼날 없이 무딘데다 전체적으로 칙칙하고 어두우며 차갑게 보이는 것은 여전했다.

그런데 칼의 왼쪽 날에 엄지손톱 크기로 흐릿하게 '夜'라는 한 글자가, 그리고 반대편 오른쪽 날에 '叉'라는 글자가 양각(陽刻)되어 있는 것이 보였다.

그래서 두 글자를 합치면 '夜叉'가 된다. 그러니까 곧 '야차도'인 셈이다.

어딘가에 글자를 새기려면 글자나 그림을 파서 새겨 넣는 음각(陰刻)을 하는 것이 보편적인데, 도드라지는 양각을 하는 경우는 극히 드물다.

파서 새기는 것이야 쉽지만 도드라지게 양각하려면 칼을 만들 때부터 주물(鑄物)을 그렇게 만들어야지만 가능하기 때문이다.

병기점 주인은 칼의 양날에 새겨진 '야차'를 보고는 '야차도'라고 말한 것이었다.

거리를 걸어가면서 화용군은 심장이 마구 두근거리고 들뜬 마음이 여간해서는 가라앉지 않았다.

이렇게 기쁜 마음이 들기는 생전 처음인 것 같다. 자신과 야차도가 운명적 그리고 필연적으로 만난 것이라는 생각을 하니까 더욱 그랬다.

만약 화용군이 강물에 빠지지 않았더라면, 그리고 야차도가 바위에 꽂혀 있는 바로 그 위치에서 무언가를 잡으려고 필사적으로 사지를 허우적거리지 않았으면, 그와 야차도는 절대로 만나지 못했을 것이다.

극단적으로 말하자면 그는 저승의 문턱에서 기적적으로 야차도를 만났다.

"야차도……."

거리를 걸어가면서 그는 나직이 중얼거렸다. '야차도'라는 이름이 마음에 쏙 들었다.

화용군은 병기점 주인이 야차도를 보면서 몹시 갖고 싶어 하는 표정을 짓는 것을 똑똑히 보았다.

얼마나 갖고 싶으면 은자 이백 냥이라는 거액을 줄 테니까 팔라고 하겠는가.

야차도의 날에 각각 한 글자씩 '야'와 '차'라고 음각이 아니라 양각되어 있다는 사실도 마음에 들었으며, 무엇보다도 손잡이 고리 안에서 풀려나오는 실이 북해의 천심강사라는 것으로서, 당금 천하에서 어떤 무기로도 자를 수 없을 만큼 질기다는 사실이 화용군을 기쁘게 만들었다.

그는 걸어가면서 왼손으로 오른팔 소매 안에 감춰져 있는 야차도를 가볍게 문질렀다.

'야차도, 너는 내 분신(分身)이다. 이제부터 너하고 나는 한 몸이야.'

그는 걸어가면서 쉬지 않고 오른팔을 털듯이 흔들어서 야차도를 칼집에서 뽑는 연습을 했다.

그렇게 해서 칼이 뽑히면 손을 머리 위로 쳐들어서 야차도가 다시 칼집에 들어가도록 했다.

북하진에서 만보 형제를 모르는 사람은 아무도 없었다.

만보 형제는 사람들이 고개를 절레절레 가로저을 만큼 개차반에 형편없는 무뢰한이라서 북하진에서는 그들에게 피해를 보지 않은 사람이 거의 없을 정도였다.

어쨌든 그 덕분에 화용군은 만보 형제의 집을 아주 쉽게 찾을 수 있었다.

만보 형제의 입은 거리 끝에 위치했으며, 다른 집들하고는 달리 야트막한 언덕 위에 따로 뚝 떨어져서 한 채가 달랑 있었다.

집 주변에는 몇 그루의 앙상한 나무와 집 앞에 우물이 하나 있을 뿐 썰렁한 광경이었다.

사람들의 말에 의하면 만보 형제의 형 만보는 혼인을 하였으며, 동생 만호(彎戶), 만보의 부인과 함께 세 사람이 한 집에서 산다는 것이다.

화용군은 거리 끝에 멈춰서 저만치 언덕 위의 만보 형제네 집을 물끄러미 응시했다.

지금으로썬 어떻게 해야겠다는 계획 같은 것이 없다. 만보 형제에 대해서 아는 것이 거의 없기 때문이다. 집과 세 식구가 산다는 것밖에 모르는 상황에서는 구체적인 계획을 세울 수가 없다.

그는 한동안 만보 형제네 집을 살피다가 일단 가까이 가보기로 했다.

만보 형제가 집에 있는지 여부를 알고 나서 어떻게 할지 방법을 세우려는 것이다.

천천히 언덕길을 오르는 그의 머릿속에는 별별 방법이 명멸했다가 사라졌다.

한 가지 분명한 사실은, 그에게 아무리 야차도가 있다고 해도 힘으로나 그 무엇으로나 그가 만보 형제를 당할 수는 없다는 것이다.

그렇다면 명야객점 주인 방 숙을 상대했던 것처럼 암습하는 방법 외에는 없다.

강탈당한 돈을 되찾기 위해서 몰래 숨어 있다가 무조건 사람을 찌르고 봐야 한다는 것이 마음에 들지 않지만 지금으로썬 그 방법뿐이다.

그때 언덕 위에서 예닐곱 살짜리 서너 명의 아이가 나뭇가지를 들고 칼싸움 흉내를 내면서 소리를 지르며 달려 내려오고 있는 게 보였다.

화용군은 아이들을 불러 세웠다.

"애들아, 저 집이 누구 집이냐?"

그가 언덕 위의 집을 가리키자 아이들 얼굴에 두려운 표정
이 떠올랐다.

"만보 형제 집이야."

"그들이 지금 집에 있느냐?"

"없어. 아까 거리로 나가는 걸 봤어."

"그들이 어디로 갔는지 아느냐?"

아이들은 그것까지 어떻게 아느냐는 듯한 표정으로 고개
를 가로저었다.

그런데 아이 하나가 아는 체했다.

"비도문(飛刀門)이나 홍예루(紅霓樓)에 갔을 거야."

다른 아이들보다 성숙해 보이는 그 아이는 눈을 반짝이면
서 자신보다 두어 살 많을 듯한 화용군을 바라보았다.

"그런데 그건 왜 묻는 거지?"

화용군은 아무 말 하지 않고 아이의 손에 각전 한 닢을 쥐
어주었다.

아이는 만족한 미소를 짓더니 아무것도 묻지 않고 자신이
알고 있는 것들을 더 설명해 주었다.

"비도문은 북하진 거리에 있는 하오문(下午門)이에요. 만보

형제는 비도문 사람이에요. 그리고 홍예루는 막수호(莫愁湖)에 있는 기루인데 만보 형제의 단골이에요. 그들은 돈만 있으면 홍예루로 달려가는데, 미미(美美)라는 기녀가 만보 형제의 단골 기녀예요."

각전 한 닢의 위력은 대단했다. 더구나 아이는 화용군에게 깍듯이 존대까지 했다.

아이들은 무얼 알고 그러는지 기녀 미미 얘기를 하면서 낄낄거리며 웃었다.

화용군은 사람들에게 물어물어서 북하진에 있는 하오문 비도문에 찾아왔다.

비도문 역시도 만보 형제처럼 나쁜 방면으로 유명했기 때문에 모르는 사람이 거의 없어서 찾는 데는 조금도 어렵지 않았다.

다만 사람들이 비도문에 대해서 말할 때 마치 더러운 똥을 대하듯 얼굴을 잔뜩 찌푸린 것이 공통적이었다.

거리의 서쪽 끝에 위치한 비도문의 옆으로는 강이 흐르고 있었다.

그것은 장강이 아니라 장강 남쪽 가장자리에 있는 강심주(江心州)라는 큰 섬 옆에 흐르는 샛강으로 강 양안에 누런 갈대가 무성했다.

거리의 끝이라서 사람 하나 없이 한적한 곳을 화용군은 천천히 걸어서 비도문 앞을 지나쳤다.

비도문을 지나면 바로 강이기 때문에 지금 누군가 화용군을 보고 있다면, 그래서 어딜 가느냐고 묻는다면 대답할 말이 없다.

강에 간다고 대답할 수는 없으며, 비도문에 볼일이 있다고는 더더욱 대답할 수가 없다.

그렇지만 만보 형제가 비도문 사람, 즉 하오문도(下午門徒)라는데 비도문을 살펴보지 않을 수가 없다. 그들이 비도문에 있을 가능성이 높기 때문이다.

왼쪽으로 고개를 슬쩍 틀어 비도문 입구를 쳐다보던 화용군의 표정이 변했다.

아무리 하오문이라고 해도 조금쯤은 그럴 듯한 문파(門派)를 예상했었는데, 이건 문파라기보다는 그냥 평범한 가정집이나 다를 바 없는 광경이다.

문 위쪽에는 반쯤 깨진 현판이 삐딱하게 걸려 있으며, 그곳에 '비도'라는 두 글자가 흐릿하게 적혀 있다.

활짝 열려 있는 문 안쪽의 마당에는 개 한 마리가 늘어져 자고 있을 뿐 사람의 모습은 보이지 않았다.

그리고 마당 정면에 달랑 한 채 있는 전각인지 집인지 애매한 너저분한 이 층 건물의 아래층 문도 열려 있으며 역시 사람이 없다.

이름은 비도문이라고 그럴듯하지만 이쯤 되면 거지 소굴 비루문(鄙陋門)이라고 해도 어울릴 것 같았다.

슥—

원래 문을 지나쳐서 가려고 했던 화용군은 비도문 안에 사람이 없는 것을 보고는 그대로 방향을 꺾어 빨려들 듯이 비도문 안으로 들어갔다.

그는 극도로 긴장하여 머리털이 쭈뼛거렸으나 만보 형제를 찾으려면 비도문 안으로 들어갈 수밖에 없다고 단순하게 생각했다.

뛰듯이 걸음을 빨리하여 마당을 가로질러 정면의 건물을 향해 가고 있는데 오른쪽에서 이상한 소리가 났다.

크르르……

재빨리 오른쪽을 쳐다보던 그는 움찔 놀라서 걸음을 멈추었다. 늘어져서 자고 있던 커다랗고 누런 개 한 마리가 인기척에 깼는지 몸을 일으키면서 화용군을 쏘아보며 낮게 그르렁거렸다.

화용군이 봤을 때 개는 곧 그에게 달려들거나 아니면 맹렬하게 짖을 기세다.

그렇지만 지금 당장 그가 할 수 있는 조치는 아무것도 없다. 웃는 얼굴로 개를 구슬릴 수도 없는데다 개라면 딱 질색이다.

하나의 방법이 있다면 급히 몸을 돌려 왔던 길을 되돌아 도망치는 것뿐이다.

아니, 하나가 더 있다. 아직 한 번도 사용해 본 적도, 그리고 연습해 본 적도 없는 것이지만, 오른팔 소매 속에 있는 야차도를 개에게 던지는 방법이다.

바야흐로 개가 천천히 다가오면서 사나운 모습으로 입을 크게 벌리고 이빨을 드러내며 막 짖으려고 할 때 화용군이 다급히 오른팔을 개를 향해 일직선으로 쭉 뻗었다.

휙!

팔뚝에 찬 야차도를 팔을 털듯이 흔들어서 오른손에 잡은 다음에 개를 향해 던져야 하는데, 워낙 급한 마음에 오른팔을 개를 향해 쭉 뻗었다. 한데 야차도가 나갈 리가 없을 것이라고 생각했는데 실제로는 빠르게 쏘아 나갔다.

팍!

컹!

그리고 다음 순간 두 종류의 각기 다른 소리가 났다. 야차도가 꽂히는 소리와 답답한 비명 소리다.

"아……."

개를 쳐다보던 화용군은 너무 놀라서 눈을 휘둥그렇게 뜨고 입을 크게 벌렸다.

얼마나 놀랐는지 자신이 비도문 안에 들어와 있다는 사실조차도 망각했다.

개는 발랑 자빠져서 네 다리를 하늘로 향한 채 혀를 빼물고 바르르 떨고 있었다.

그리고 믿어지지 않게도 야차도가 개의 콧등에 손잡이만 남긴 채 깊숙이 꽂혀 있었다.

다급한 나머지 개를 향해 아무렇게나 팔을 뻗었거늘, 야차도가 나간 것만으로도 고마운 일인데 개의 콧등에 꽂히기까지 했으니 이보다 다행한 일이 있겠는가.

이것은 절대로 실력이 아니다. 실력일 리가 없다. 한마디로 운이 좋았다.

그런데 그때 화용군은 실수를 저질렀다. 용두사미(龍頭蛇尾)다. 아무런 대책도 없이 그저 단순히 야차도를 회수해야겠다는 생각에 오른팔을 잡아당긴 것이다.

차륵……

개의 콧등에 꽂혀 있는 야차도에서 화용군의 귀에 익은 작은 소리가 들렸다.

순간 그 소리를 듣고 정신이 번쩍 들었다. 이제 야차도가 회수될 것이라는 사실을 깨달은 것이다.

슉—

화용군은 야차도가 돌아오는 것을 보지 못했다. 그저 한 줄기 푸른빛이 자신을 향해 쏘아 오는 것을 봤을 뿐이다. 순간 그는 다급하게 그대로 땅바닥에 주저앉으며 두 팔로 머리를 감싸면서 몸을 웅크렸다.

"……!"

그러다가 한순간 어떤 사실을 깨닫고 간이 콩알만큼 오그라들었다.

야차도는 그의 오른팔에 매달려 있기 때문에 그가 어떤 자세를 취하고 있더라도 그에게로 되돌아올 것이다.

즉, 이렇게 웅크리고 있다가는 야차도가 그의 몸 어딘가에 꽂히고 말 것이다.

말하자면 방금 전 콧등에 야차도가 꽂힌 바로 그 개꼴이 될 것이라는 뜻이다.

야차도가 어디쯤 날아오고 있는지 확인할 겨를이 없다. 쳐다보는 순간 찔리고 말 것이다. 그렇지만 아직 찔리지 않았다는 것은 기회가 있다는 뜻이다.

그는 웅크린 자세에서 급히 오른팔만 머리 위로 재빨리 들었다가 별안간 아래로 낚아채는 동작을 해 보였다.

팍!

그 순간 무릎을 꿇고 있는 그의 무릎 옆에서 무슨 소리가 나며 흙이 튀었다.

그가 식은땀을 흘리면서 놀란 얼굴로 쳐다보니까 야차도

가 그의 오른쪽 무릎 옆 반 뼘 거리의 땅에 손잡이까지 깊숙이 꽂혀 있었다.

그걸 보니까 방금 전에 아차 했으면 야차도가 꽂히는 것은 그 자신의 몸뚱이였을 것이라는 생각이 들어서 갑자기 하늘이 노랗게 보였다.

이 순간만큼은 자신이 야차도를 운명적 필연적으로 만났느니 뭐니 하는 운명론 따윈 조금도 생각나지 않았고 온몸이 땀으로 축축하게 젖었다.

흙을 털고 일어선 그는 문득 한 가지 의문이 생겼다.

야차도 고리 안의 실의 길이는 총 삼십여 장이다. 그런데 그에게서 개가 있는 곳까지의 거리는 길어야 이 장 반 남짓에 불과하다.

실은 삼십 장이 다 풀려서 팽팽해져야지만 다시 감기는 것으로 알고 있다.

그런데 어째서 이 장 반밖에 풀리지 않았는데 풀리는 것이 멈춰지고 다시 감기느냐는 것이다.

'삼십 장이 다 풀리지 않더라도 중도에 갑자기 힘을 주면 멈추는 것인가?'

그런 생각이 들자 야차도를 왼손에 쥐고 오른손으로 실을 잡고 천천히 잡아당겼다.

스으으……

그러다가 갑자기 낚아채듯이 실을 세게 잡아당기니까 풀려나오던 실이 뚝 멈췄다.

차륵—

그러더니 순식간에 고리 안으로 실이 감겨서 야차도는 소매 안으로 스며들었다.

제4장

———

두 번째 살인

비도문은 아무도 없이 텅 비어 있었다.

건물이라고는 이 층짜리 한 채가 전부이고 뒤쪽 마당에 허름한 창고 같은 것이 하나 있다.

화용군이 이 층 건물을 위아래 층 다 뒤져 봤으나 사람은 그림자도 보이지 않았다.

실상인즉, 졸지에 거액이 생긴 만보 형제가 비도문 식구 이십여 명을 모두 이끌고 근처의 주루로 크게 한턱 내려갔기 때문에 이곳에는 아무도 없는 것이다.

그걸 까맣게 모르는 화용군은 이 층 건물에서 나와 이번에는 조심스럽게 뒤쪽으로 가보았다.

뒷마당 오른쪽에 창고 같은 단층 목조건물이 있고, 정면에는 담이 없으며 곧장 강가의 무성한 갈대숲이 보였다. 그리고 그곳에 작은 배 두 척이 묶여 있었다.

화용군은 머뭇거리다가 창고를 살펴보기로 했다. 거기에 사람이 있을 가능성은 희박하지만, 그래도 거기만 둘러보지 않고 나가면 개운하지 않을 것 같았다.

그러나 창고 문 앞까지 다가간 그는 문이 밖에서 잠겨 있는 것을 보고 실망했다.

그것은 안에 사람이 없다는 뜻이다. 자물쇠가 아니라 그냥 빗장일 뿐이지만 사람이 안에 들어가서 문을 닫고 빗장을 잠글 수는 없는 노릇이다.

그래서 돌아서려고 하는데 문득 창고 안에서 무슨 소리가 흘러나왔다.

그는 걸음을 뚝 멈추고 다시 돌아서서 문틈에 귀를 대고 숨을 죽였다.

창고 안에서 작은 소리가 들리기는 하는데 아무리 귀를 대고 들어봐도 무슨 소리인지 도무지 알 도리가 없다.

그래서 조심스럽게 빗장을 열었다.

달각…….

조심한다고 했는데 작은 소리가 났다. 그는 급히 문 옆으로 비켜서며 오른팔을 흔들었다.

그런데 당황해서 너무 세차게 팔을 흔드는 바람에 야차도가 손에서 벗어나 땅에 떨어지자 급히 주워서 오른손에 잔뜩 움켜잡고 문을 노려보았다.

문 안쪽에서는 아무런 기척도 나지 않았다. 조금 전까지 났던 작은 소리마저도 들리지 않았다.

잠시 기다리던 화용군은 야차도를 쥔 오른손에 더욱 힘을 주고 천천히 문을 열었다.

끼이이…….

'흑!'

나무문 열리는 소리가 너무 크게 나서 그는 움찔 놀라 뒤로 물러섰다.

저벅저벅…….

"으하… 암! 뭐야? 교대인가?"

그런데 그때 발걸음 소리가 나면서 어떤 사내의 하품에 이어 잠에서 덜 깬 듯한 목소리가 들리더니 나무문이 벌컥 열렸다.

모습을 드러낸 것은 꾀죄죄한 몰골을 지닌 이십 대 중반의 사내인데, 어깨에는 어울리지 않게 큼직한 대감도(大坎刀) 한 자루를 메고 있다.

그는 퉁퉁한 배를 득득 긁으면서 하품을 하다가 문 밖에 엉거주춤 서 있는 화용군을 발견하고 어리둥절한 표정을 지으며 물었다.

"어… 너는 뭐냐?"

"이잇!"

휙!

순간 화용군은 사내에게 덤비면서 오른손의 야차도를 앞으로 힘껏 내밀었다.

푹!

"으악!"

복부에 뜨거운 느낌을 받은 사내는 비명을 지르면서 뒤로 나자빠졌다.

그리고 화용군은 덤벼들던 여세 때문에 사내의 몸뚱이 위로 한 덩이가 되어 엎어졌다.

"이… 이놈의 새끼……."

퍽퍽퍽!

"으윽… 윽……."

사내는 누운 자세에서 발버둥 치듯이 두 손으로 화용군의 머리를 마구 두들겼고, 화용군은 신음을 흘리면서 두 손으로 잡은 야차도를 사내의 복부에서 뽑아 심장 부위를 어림잡아서 냅다 찔렀다.

푹!

"허윽!"

툭탁……

사내가 화용군을 때리는 동작이 둔하고 약해지면서 어느 순간 두 팔이 아래로 툭 하고 떨어졌다.

사내의 몸이 푸들푸들 떨리는 것을 그의 몸 위에 엎드려 있는 화용군은 생생하게 느꼈다.

사내의 떨림이 잠잠해질 때쯤 화용군은 얼굴을 잔뜩 찌푸리며 몸을 일으켰다.

조금 전 사내에게 주먹질을 당한 머리가 욱신거리면서 깨질 듯이 아팠다.

본능적으로 고개를 숙여서 가렸기에 망정이지 얼굴을 맞았으면 눈알이 터지거나 코가 부러질 뻔했다.

사내는 눈을 부릅뜨고 크게 벌어진 입안에 피가 가득 고인 채 죽어 있었다.

사내의 복부에서 흘러나온 피가 바닥을 흥건하게 적셨으며 심장에는 야차도가 깊숙이 꽂혀 있었다.

화용군은 착잡한 표정으로 사내를 내려다보았다. 명야객점 주인 방 숙에 이어서 두 명째 사람을 죽였다.

방 숙은 돈을 강탈했다는 죄가 있었으나 이 사내는 화용군하고 아무런 원한도 없다.

화용군은 사내를 모르고 사내도 화용군을 모른다. 생면부지 사이끼리 치고받고 죽인 것이다.

그러나 이것은 어쩔 수 없는 일이다. 조금 전 같은 상황이 다시 한 번 되풀이된다고 해도 그는 사내를 죽일 수밖에 없을 터이다.

화용군은 착잡한 기분으로 허리를 굽혀 사내의 심장에서 야차도를 뽑았다.

스우…….

야차도가 심장에서 뽑히는 느낌이 손에 전해지는데 섬뜩하면서도 기묘한 느낌이 들었다.

그는 지금이 어떤 상황이라는 것을 잠시 망각한 채 자신이 진짜 야차가 된 듯한 착각에 사로잡혔다.

그가 알고 있는 야차란, 불교 다문천(多聞天)의 권속이며 하나의 신(神)으로서, 중생계(衆生界)를 수호하고 용맹, 민첩, 포악, 교활하여 불법을 잘 지키는 중생에게는 은혜를 베푸는 대신 악인들은 가차 없이 죽여서 염마지옥으로 던져 버리는 권능을 지니고 있다.

아까 개를 죽이고 야차도를 회수할 때에는 자칫 찔려서 죽을 뻔하여 쓸모없는 쇳덩이로만 여겨지더니, 이제는 다시 분신처럼 여겨져서 기분이 흐뭇했다.

더구나 자신이 야차라도 된 듯한 어린 소년다운 착각에 빠져 이제부터 세상의 악을 응징하여 도탄에 빠진 천하를 구하겠다는 야심찬 포부가 가슴에서 뜨겁게 용솟음쳤다.

"이봐."

"앗!"

그런데 그때 옆쪽에서 느닷없이 누군가의 목소리가 들리자 화용군은 소스라치게 놀라 비명을 질렀다.

획!

그는 반사적으로 소리가 들려온 곳을 향해 쥐고 있던 야차도를 던졌다.

아니, 던졌다기보다는 아까 개를 죽일 때처럼 오른팔을 그쪽으로 쭉 뻗기만 했다.

또다시 야차도가 쏘아 나갈 것이라는 확신은 없지만 단지 반사적인 행동이다.

이 장쯤 떨어진 곳 나무 바닥에 한 여자아이가 우두커니 서서 이쪽을 쳐다보고 있었다.

그런데 야차도가 그녀를 향해 일직선으로 쏘아가는 것을 발견한 화용군은 소스라치게 놀라 다급히 오른팔을 자신의 몸 뒤쪽으로 잡아챘다.

패액!

야차도는 소녀의 얼굴 앞에서 찰나지간 뚝 멈추는 것 같더니 갑자기 화용군에게 쏜살같이 되돌아왔다.

아까 개의 콧등에서 야차도를 회수할 때하고 비슷한 상황이 벌어졌다.

이번에도 다급히 실을 잡아당기자 야차도가 그에게 빛처럼 빠르게 쏘아 오게 된 것이다.

그러나 아까하고는 조금 다른 양상이다. 그때는 몸을 웅크리면서 팔을 휘저어 위기를 모면하기라도 했었는데 지금은 그럴 기회마저도 놓쳐 버렸다는 것이다.

그래서 그냥 엉겁결에 오른손을 뻗어서 쏘아 오는 야차도를 잡으려고 했다.

한 번도 시도해 보지 않은 행동을 한다는 것이 얼마나 무모한 짓인지 알지만 그렇게라도 하지 않으면 야차도가 얼굴 한가운데 꽂히고 말 것 같았다.

그런 상황을 모면하자면 야차도를 잡으려는 시도쯤은 해 봐야지만 한다.

착—

"……."

그런데 화용군은 우두커니 선 채 멍하니 그 자리에 얼어붙고 말았다.

야차도가 몸 어딘가에 꽂혔기 때문이 아니다. 야차도는 앞으로 뻗은 그의 오른팔 소매 속 칼집에 제대로 얌전하게 들어가 있었다.

오른팔을 앞으로 뻗은 자세로 화용군은 심장이 밖으로 튀어나올 정도로 쿵쾅거렸다.

죽을 뻔한 상황에 혼비백산하기도 했고 새로운 깨달음으로 기쁘기도 했다.

"아아… 나… 날… 구하러 온 거야?"

그때 소녀가 화용군을 보면서 조금 울상을 지으며 물었다.

화용군이 쳐다보자 그녀는 목에 밧줄이 감겨 있고 두 손은 앞으로 모아져서 목의 밧줄과 연결되어 있었다. 그리고 목에 감긴 밧줄의 끝은 벽에 박힌 대못에 묶인 상태다.

횏!

화용군은 자신하고는 전혀 상관이 없는 소녀라서 그대로 몸을 돌려 문 밖으로 나갔다.

"앗! 그냥 가면 어떻게 해!"

창고 안에서 소녀의 자지러지는 비명이 터졌으나 화용군은 개의치 않고 계속 걸어갔다.

"으흐흑! 구해주지 않으면 그놈들이 날 죽일 거야! 제발 구해줘!"

이번에는 소녀의 오열하는 흐느낌과 절규가 이어졌다.

화용군은 반쯤 넋이 나간 얼굴을 하고 뚝 걸음을 멈추었다. 저렇게 울면서 애원하는 사람이 어쩌면 누나일 수도 있다는 생각이 들었다.

"으흐흐흑… 난 죽고 싶지 않아… 살려줘… 으앙앙!"

소녀는 아예 아이처럼 목을 놓아 통곡했다.

척!

화용군이 창고 안으로 들어서는 것을 발견한 소녀는 울음을 뚝 그쳤다.

그리고 그가 무뚝뚝한 얼굴로 자신에게 성큼성큼 걸어오는 모습을 두 눈에 눈물이 가득 고인 채 흑! 흑! 낮게 흐느끼면서 바라보았다.

그녀는 처음에 화용군이 자신을 구하러 온 사람인 줄 알았으나 그가 자기 또래의 어린 소년인데다 갑자기 홱 나가 버리니까 자신의 생각이 틀렸다는 사실을 깨달았었다.

화용군은 소녀 앞에 멈췄다. 그녀는 꽃무늬가 수놓아진 최고급 품질의 비단옷과 하체에 딱 달라붙는 바지, 잘록한 허리를 더욱 가늘게 조여주는 허리띠, 그리고 송아지 가죽으로 만든 신발을 신고 있는데, 이곳에서 며칠 동안 뒹군 탓에 꾀죄죄해진 상태다.

그런데 소녀의 바지 사타구니가 흠뻑 젖었으며 그녀가 서 있는 다리 아래 바닥에 물이 흥건하게 고여 있었다. 아니, 지금도 바지에서 물이 뚝뚝 떨어지고 있다. 아마도 오줌을 싼 모양이다.

화용군이 바닥에 고인 물을 보다가 소녀를 쳐다보자 그녀는 당황해서 얼굴이 와락 붉어졌다.

"조, 조금 전에 네가 비수를 던졌을 때 죽는 줄 알았단 말이야… 그래서 나도 모르게……."

원래 소녀는 용변이 마려우면 자신을 지키는 사내에게 말을 하고, 그러면 사내가 손에 묶은 밧줄만 풀어주고 목의 밧줄을 손에 잡은 채 창고 한쪽 구석에 있는 측간으로 가서 자신이 보는 앞에서 용변을 보게 했었다.

소녀로서는 다른 사람 앞에서, 그것도 하오문의 지저분한 사내 앞에서 궁둥이를 까발린 채 용변을 봐야 하는 것이 죽기보다 싫었다.

하지만 개나 돼지처럼 아무데서나 똥오줌을 싸질러 놓을 수는 없는 노릇이다.

그래서 아무리 급해도 참고 참다가 끝내 견딜 수 없을 지경에 이르게 되면 그제야 어쩔 수 없이 사내에게 용변을 보고 싶다고 말을 했었다.

소녀는 자신이 용변을 볼 때마다 사내가 빤히 지켜보면서 눈을 희번덕이고 침을 흘린다는 사실을 알고 있다.

저런 저급한 사내가 과연 무슨 생각을 하면서 그녀를 지켜보고 있는지도 충분히 짐작할 수 있다. 그런 까닭에 더욱 소름이 끼쳤었다.

그래서 아까도 용변을 꾹꾹 참고 있었으며 더구나 사내가 졸고 있던 터라서 말도 못하고 있었는데, 사내를 죽인 화용군이 느닷없이 자신에게 비수 같은 것을 던지자 겁에 질린 나머지 오줌을 싸버렸던 것이다.

그러나 화용군은 그런 것에는 신경도 쓰지 않고 말없이 품속에서 단검을 꺼내 소녀의 목과 두 손에 묶인 밧줄을 잘라주었다.

소녀의 신분이 무엇인지는 모르겠지만 비열한 비도문 놈들이 못된 짓을 하려고 죄 없는 소녀를 납치한 것이라고 짐작할 수 있다.

흘러가는 시냇물도 나그네에게 한 그릇 떠주면 은혜라고 했거늘, 화용군으로서는 창고까지 들어온 터에 붙잡혀 있는 소녀를 구해주는 일은 어렵지 않다.

화용군은 소녀의 묶인 줄을 끊어주고는 급히 창고를 나가려고 했다.

비도문이 비어 있으며 더욱이 만보 형제가 없다는 것을 확인했으니 더 이상 있을 필요가 없고, 또 언제 놈들이 들이닥칠지 모르니까 한시바삐 나가려는 것이다.

"아……."

쿵!

그런데 화용군이 문을 나가려고 할 때 뒤에서 소녀의 신음 소리와 둔탁한 소리가 동시에 들렸다.

또 무슨 일인가 싶어서 미간을 찌푸리며 뒤돌아보니까 소녀가 바닥에 한쪽 무릎을 꿇은 채 앉아서 고통스러운 표정으로 그를 바라보며 도움을 청했다.

"아아… 너무 오랫동안 앉아 있어서 다리가 마비됐나 봐… 걷지를 못하겠어… 나 좀 도와주겠어?"

화용군이 얼굴을 찌푸리는 것을 보고 소녀는 문 안쪽에 죽어 있는 사내를 가리켰다.

"이런 상황에서 네가 이대로 가버린다면 나는 꼼짝없이 죽은 목숨이야."

화용군은 죽은 사내와 소녀를 번갈아 쳐다보았다. 소녀 말대로 그가 이대로 가버린다면 비도문 놈들은 소녀를 절대로 살려두지 않을 것 같았다.

아니면 사내를 누가 죽였는지 소녀가 놈들에게 말해주기라도 한다면 화용군에게 이로울 게 없다.

저기 죽어 있는 사내는 소녀를 지키고 있던 게 틀림없다. 그런데 화용군이 죽였으니 어차피 본의 아니게 그도 이 일에 깊이 관여한 셈이다.

그는 내키지 않는 얼굴을 하고 소녀 앞으로 다가가 무뚝뚝하게 굽어보며 물었다.

"어떻게 해주면 되겠느냐?"

소녀는 내키지 않는 듯 샐쭉한 얼굴로 대답했다.

"업어줘."

화용군의 시선이 소녀의 흠뻑 젖은 사타구니로 향하자 그
가 무슨 생각을 하는지 짐작한 그녀는 발끈해서 냉랭하게 소
리쳤다.

"지금 죽느냐 사느냐 하는 판국에 그런 게 대수야?"

그녀의 말이 맞다. 그녀에겐 생사가 걸린 일인데 오줌 따위
가 무슨 대수겠는가.

"흥! 자기 꼴은 뭐 괜찮은 줄 아나?"

소녀가 화용군의 앞섶이 온통 피범벅인 것을 보고 차갑게
코웃음을 쳤다.

화용군은 실랑이를 벌이고 있을 겨를이 없다. 그 역시 빨리
이곳을 벗어나야 하므로 소녀를 비도문 밖까지만 데려다주는
것으로 이 일을 마무리해야겠다고 생각했다.

그러나 문제는 전혀 다른 곳에 있었다. 화용군은 자신이 워
낙 약골이라서 과연 소녀를 업을 수 있을 것인지 그게 걱정됐
다.

그렇지만 지체할 시간이 없어서 그녀에게 다가가 등을 보
이며 한쪽 무릎을 꿇었다.

"업혀라."

그런데 정작 업어달라고 채근하던 소녀가 업히라니까 이
제 와서 머뭇거렸다.

발육이 좋은 소녀는 화용군보다 키가 클 뿐만 아니라 늘씬

한데다 가슴까지 약간 봉긋하게 솟았다.

게다가 몇 달 전에 막 초경(初經)을 시작하여 숙녀가 되려는 길목에 들어선 그녀는 지금 같은 상황에서도 자기 또래 소년의 등에 업히는 것이 부끄러웠다.

"뭘 하느냐? 업히지 않으면 그냥 가겠다."

그런 건 안중에도 없이 그저 마음만 급한 화용군이 약간 언성을 높이자 소녀는 놀란 듯 급히 그의 등에 업혔다.

"끙!"

화용군은 왼손 손바닥으로 바닥을 짚고는 두 발에 힘을 주어 몸을 일으켰다.

그러고는 두 다리를 바들바들 떨면서 힘겹게 일어나는 듯하더니 결국 앞으로 고꾸라지고 말았다.

쿠당!

"윽!"

"악!"

업혀 있던 소녀는 화용군이 갑자기 엎어지는 바람에 허공을 날아서 더 앞쪽에 나뒹굴었다.

"다… 치지 않았어?"

"아…….."

화용군은 급히 소녀에게 엉금엉금 기어가서 부축했다. 어깨를 바닥에 심하게 부딪친 소녀는 매우 아픈지 얼굴을 잔뜩 찡그렸다.

화용군은 소녀가 몹시 아플 텐데도 입술을 꼭 깨물면서 참는 모습을 보고 미안한 마음이 들었다.

"너……"

소녀는 화용군을 꾸짖으려다가 그만두었다. 남자에게 힘이 없다고 꾸짖는 것은 아픈 약점을 건드리는 야비한 짓이라는 생각이 들었기 때문이다.

그리고 지금은 소년이 그녀를 구해주었고 또 도와주고 있는 입장인데 적반하장 격으로 꾸짖는 것은 도리에 맞지 않는다고 생각했다.

"그냥… 부축해 줘."

화용군은 한 달 반 전까지만 해도 괜찮은 가문의 아들로서 제대로 된 교육을 받고 성장했었다.

그러므로 지금 어째서 소녀가 화를 내거나 자신을 꾸짖지 않는 것인지 그 이유를 짐작할 수 있다.

그녀는 교양 있고 사려 깊은 성품이 분명하다. 그래서 지금의 상황을 충분히 인지하고 또 화용군의 마음을 다치게 할까 봐 언행을 조심하고 있는 것이다.

화용군은 소녀의 오른팔을 왼쪽 어깨에 얹고는 왼팔로 그녀의 허리를 안은 채 비틀거리며 창고를 나섰다.

그런데 바로 그때 비도문 입구 쪽이 왁자지껄 매우 소란스러워졌다.

"어… 떻게 하지?"

비도문 사람들이 술 취해서 고함을 지르거나 큰 소리로 웃는 소리가 계속 들려오자 화용군은 물론이고 소녀도 놀라서 얼굴이 해쓱해졌다.

화용군은 초조한 얼굴로 주위를 둘러보다가 마당 끝 강가에 작은 배 두 척이 묶여 있는 것을 발견하고 즉시 그쪽으로 뛰듯이 다가갔다.

마당을 통해서 도망치는 것은 어려울 것 같아서 배를 타고 강으로 나가려는 것이다.

소녀는 화용군이 자신을 내버려 두고 가지 않는다는 사실과 배로 도망치려고 한다는 사실을 깨닫고 적잖이 안도하고 또 감격했다.

"자, 여기에 앉아."

화용군은 소녀를 부축해서 배 안쪽에 앉히고는 급히 강가에 묶어놓은 밧줄을 풀었다.

그는 소녀를 버리고 도망칠 수도 있지만 그러지 않았다. 잘 걷지도 못하는 소녀를 버리면 그녀는 비도문 사람들에게 붙잡히고 말 것이다.

그는 처음부터 시작하지 않았으면 모를까 일단 시작한 일은 중도에서 그만두고 싶지 않았다.

이런 일은 생전 처음이기 때문에 예전에도 이런 성격이 자신에게 있었는지는 알 수가 없다.

"이익!"

그는 배를 두 손으로 힘차게 밀다가 배로 뛰어올랐는데 삐끗하여 강에 빠지려는 것을 간신히 난간에 매달렸다.

그러나 올라가는 게 쉽지가 않아서 버둥거리자 소녀가 급히 위에서 그의 손을 잡고 당겨주었다.

"헉헉헉……."

배를 밀고 또 배에 오른 것뿐인데 그는 뱃전에 쓰러질 듯이 기대서 가쁜 숨을 몰아쉬었다.

이곳 샛강은 온통 수초 천지다. 지금은 한겨울이지만 누렇게 변한 키 큰 갈대와 수초들이 곧 배와 두 사람의 모습을 감추어주었다.

거친 호흡이 어느 정도 가라앉은 화용군은 배에 노가 있는 것을 발견하고 일어나서 노를 잡았다. 한시바삐 이곳에서 벗어나는 것이 급선무다.

일어섰는데도 갈대숲이 워낙 우거져서 비도문 쪽이 전혀 보이지 않는 것이 천만다행이다.

끼이익… 끽…….

그는 태어나서 노를 한 번도 저어본 적이 없기 때문에 몹시 서툴러 배는 제자리에서만 뱅뱅 맴돌았다.

게다가 그다지 크지 않은 배라서 그가 허둥거리니까 금방이라도 엎어질 것처럼 뒤뚱거렸다.

"마음을 가라앉히고 천천히 해봐. 그리고 어떻게 해야 배가 나아갈지 이치를 생각해 봐."

뱃전에 옹송그리고 앉아 있는 소녀가 화용군을 바라보며 총명한 눈빛으로 말했다.

그녀 역시 노를 저어본 적이 없지만 마치 세상의 이치를 통달한 사람처럼 말했다.

화용군은 동작을 멈추고 잡고 있던 노를 놓으며 소녀의 말대로 마음을 차분하게 가라앉혔다.

설혹 대학사라고 해도 모르는 것이 있으면 세 살짜리 아이에게도 배움을 청한다는 유명한 말을 그는 잘 알고 있기에 고집을 부리지 않았다.

소녀의 말대로 그는 이 배가 어떤 원리로 앞으로 나아가고 또 어떻게 해야지만 방향을 바꿀 수 있는지, 또한 노가 어떤 역할을 하는지에 대해서 곰곰이 생각한 후에 다시 노를 잡았다.

끼이… 끼이이…….

서두르지 않고 아주 천천히 노를 저으니까 뒤뚱거리기는 하지만 배가 느릿하게 원하는 방향으로 미끄러져 나가기 시작했다.

그걸 보고 소녀는 손뼉을 치며 기뻐했다.

"거봐. 잘하잖아."

그때 비도문 창고가 있는 방향에서 고함 소리가 터졌다. 비도문 하오문도들이 창고를 지키는 사내가 죽어 있으며 소녀가 사라진 사실을 발견한 것이리라.

하지만 배는 이미 그곳으로 삼십여 장이나 멀어지고 있는 중이라서 두 사람은 별로 걱정하지 않았다.

"배가 한 척 더 있으니까 뒤쫓아 올지 몰라."

그런데 소녀가 주의를 주었다. 그녀 말이 맞다. 비도문 강가에는 작은 배가 두 척 있었다.

만약 그들이 배가 한 척 사라진 사실을 알게 된다면 그 즉시 남은 배를 타고 추격해 올지도 모른다. 아니, 분명히 그럴 것이다. 문제는 배가 사라진 것을 그들이 언제 발견하느냐에 달렸다.

소녀는 더 이상 닦달하지 않고 가만히 배 앞쪽만 주시했다. 초조하지만 노를 제대로 저을 줄도 모르는 화용군을 닦달한대서 달라질 것이 없음을 알고 있는 것이다.

비도문의 하오문도들이 추격을 하지 않은 것인지, 아니면 추격을 했는데도 화용군과 소녀가 탄 배를 발견하지 못한 것인지. 어쨌든 배는 그럭저럭 샛강 하류로 흘러내려 매자주(梅

子州) 근처에 이르렀다.

강심주와 나란히 붙어 있는 섬이 매자주이며 무성한 갈대숲을 지나온 샛강은 매자주를 지나 다시 본류인 장강으로 합류한다.

화용군은 한 시진 남짓 지날 즈음에 노를 젓는 일이 어느 정도 손에 익어서 원하는 방향으로 능숙하게 전환도 할 수 있게 됐으며 웬만큼 속도를 내기도 했다.

하지만 힘을 쓰는 일이라서 금세 지쳤으며 더 문제는 손바닥이 다 까져서 매우 아프다는 사실이다.

"내가 해볼까?"

소녀는 화용군이 약골이라고 핀잔을 하는 대신 자기가 도울 수 있었으면 좋겠다는 생각을 했다. 그리고 그의 손이 까진 것을 벌써부터 눈치를 챘다.

화용군은 너무 지쳐 있어서 오기를 부리지 않고 순순히 노를 소녀에게 넘겨주었다.

배는 길이가 일 장에 가장 폭이 넓은 가운데가 일곱 자 정도의 작은 규모다.

대부분의 작은 배가 다 그렇듯이 이 배도 복판에는 조그만 움막이 쳐져 있는데 화용군은 아직 움막 안에는 들어가 보지 않았다.

그는 움막을 등지고 앉아서 노를 젓고 있는 소녀를 물끄러미 바라보았다.

소녀는 배 고물에 다리를 약간 벌린 채 버티고 서서 다부진 표정을 지으며 노를 젓고 있다.

그녀는 무리하게 힘을 쓰려고 하지 않으면서 배의 흐름에 순응하려고 애썼다.

그것 하나만 보더라도 그녀가 매우 총명하다는 사실을 알 수 있다.

끼익… 끽…….

샛강 양쪽은 누렇게 마른 갈대숲이 우거졌으며 샛강은 때로는 이리저리 휘기도 하고 또는 여러 갈래로 갈라지기도 해서 어디가 어딘지 종잡을 수가 없다.

그래서 지금껏 화용군이 그랬듯이 소녀도 되도록 그중에서 가장 큰 물줄기를 따라가려고 애썼다.

샛강에는 이따금 배들이 보였으며 모두 작은 배로 낚시를 하고 있었다.

두 사람이 탄 배는 아무 일 없다는 듯 그 배들을 스쳐 지나갔고 그들은 이상한 눈으로 보지 않았다.

화용군은 소녀를 물끄러미 바라보았다. 비도문 창고에 감금되어 있던 그녀를 처음 만난 지 한 시진 반 정도 지났으나 그녀를 자세히 살펴보는 것은 처음이다.

화용군이 보기에 소녀는 그보다 두어 살쯤 많은 열네 살 정도인 듯했다.

몸은 가녀리고 마른 체구인데 키도 화용군보다 반 뼘쯤 더 커 보였다.

비도문에 감금되어 있어서인지 머리카락이 마구 헝클어졌으며 얼굴이 꾀죄죄했으나 몹시 귀엽고 예쁜 용모인 것만은 분명했다.

소녀는 화용군이 자신을 빤히 주시하는 것을 알아차리고 살짝 얼굴을 붉혔다.

화용군은 그녀가 얼굴을 붉히자 시선을 아래로 내렸다가 그녀의 사타구니가 흥건하게 젖어 있는 것을 무심한 눈길로 쳐다보았다.

"뭘 보는 거야?"

그의 시선을 느낀 소녀가 노를 놓고 두 손으로 사타구니를 급히 가리면서 뾰족하게 외쳤다.

"춥지 않아?"

"……."

동상이몽(同床異夢). 화용군과 소녀는 젖은 사타구니라는 같은 문제를 놓고 다른 생각을 하고 있었다.

사실 소녀는 너무 추워서 온몸이 마비된 상태다. 창고에 감금되어 있을 때는 그래도 춥지 않았는데 탈출하여 얇은 옷을, 그것도 하체가 젖은 상태로 추운 강에 떠 있다 보니까 뼛속까지 얼어버린 것 같았다.

더구나 노를 젓고 있자니 두 손이 다 까지고 곱아서 노를 잡고 있는 자체가 고문이었다. 그래도 투정하지 않고 묵묵히 노를 젓는 일에 열심인 것으로 미루어 참을성이 대단한 소녀인 듯했다.

그런데 더 큰 문제가 생겼다. 어느덧 배가 막다른 곳에 도달했다는 사실이다.

사방이 갈대숲으로 우거져 있어서 이곳이 어딘지 갈피를 잡을 수가 없다.

소녀가 쉬고 화용군이 노를 잡고서 어렵사리 배를 돌려 왔던 길을 되돌아 나갔다.

하지만 여러 갈래 물길이 이리저리 뻗어 있어서 어디가 어딘지 알 수가 없기는 마찬가지다.

그래도 그중에서 가장 큰 물길을 골라 힘껏 노를 저으면서 전진했다.

제5장

풋사랑

부단히 애를 썼으나 결국에는 배가 또다시 갈대숲이 우거진 막다른 곳에 이르고 말았다.

더구나 주위에 어둠이 내리고 있어서 이러다가는 꼼짝없이 이 작은 배 위에서 밤을 지새워야 할 것만 같았고 현실은 그렇게 다가오고 있었다.

"어떻게 하지?"

막다른 곳의 갈대숲이 높은 담처럼 사방을 가린 배에서 노 젓기마저 포기한 두 사람이 바닥에 마주 앉아서 어두워지고 있는 하늘을 쳐다보고 있는데 소녀가 잔뜩 염려스러운 얼굴로 중얼거렸다.

가문이 멸문한 이후 떠돌면서 두어 달 남짓 처마 밑이나 헛간 같은 곳에서 밤을 지새웠던 경험이 있는 화용군은 그다지 걱정하지 않았다.

이곳은 최소한 한겨울 밤바람을 막아줄 사방의 우거진 갈대숲이 있으며, 비나 눈이 온다고 해도 들어가 있을 움막이라도 있다.

그러므로 이 정도면 화용군에겐 편안한 잠자리 축에 들기 때문에 별걱정을 하지 않는 것이다.

"으으으……."

그렇지만 소녀는 형편이 전혀 달랐다. 태어나서 지금까지 고생이라고는 전혀 모르고 자랐다는 사실을 차치하고서라도, 비도문을 탈출했을 때부터 추위에 떨고 있었던 터라서 이제는 더 이상 견딜 수가 없는지 온몸을 가련할 정도로 떨어대면서 이빨이 서로 마주쳐 딱딱거리는 소리를 냈다.

"들어가 보자."

슥—

화용군은 이러다가 소녀가 얼어 죽을 것 같아서 움막을 들추고 엉금엉금 기어서 안으로 들어갔고, 소녀도 즉시 몸을 숙이고 그의 뒤를 따랐다.

툭…….

"아……."

그러나 소녀는 캄캄한 움막 안을 기어 들어가다가 곧 얼굴이 화용군의 궁둥이에 부딪치고 말았다.

얼마 들어가지 않은 것 같은데 벌써 움막의 끝에 이르렀다. 그만큼 좁다는 뜻이다.

"거기 입구를 들추고 있어봐."

움막 안이 너무 캄캄해서 아무것도 보이지 않아 화용군은 소녀에게 입구의 천을 들고 있으라고 시켰다.

안으로 어슴푸레 스며드는 빛이 좁은 공간 안에 있는 것들을 흐릿하게 비췄다.

그렇다고 해도 움막 안에 있는 것들을 알아보기에는 무리다. 눈으로 보고 손으로 더듬어서 그것이 무엇인지 확인해야만 할 형편이다.

우선 움막 한가운데에는 화로가 있다. 그리고 한쪽 구석에 낡고 더러운 이불이 한 채 구겨져 있으며, 낚시 도구와 솥 하나가 아무렇게나 나뒹굴어 있었다.

화로가 있다는 것은 다행한 일인데 불을 붙일 만한 화섭자(火攝子)나 부싯돌이 있어야 하기에 화용군은 어둠 속에서 계속 더듬거렸다.

"아……."

"뭐야?"

화용군이 나직한 탄성을 흘리자 소녀가 기대 어린 표정으로 급히 물었다.

"수석(燧石:부싯돌)이야. 화로에 불을 피울 수 있겠어."

"정말?"

소녀는 쪼르르 무릎걸음으로 다가와 화용군 손에 쥐어져 있는 검은 돌을 들여다보았다.

화용군은 배의 뒤쪽 나무 바닥을 단검으로 자르고 뜯어내서 나뭇조각들을 화로에 수북하게 넣었다. 이어서 바싹 마른 부드러운 갈댓잎을 모아 수석으로 불을 붙여서 화로 안 나무에 옮겨 붙였다.

소녀는 화용군의 그런 행동이 신기한 듯 추위도 잊은 채 흥미 있게 지켜보았다.

타닥탁…….

"아아… 따뜻해……."

오래지 않아서 화로에 불이 기세 좋게 타오르자 소녀는 두 손바닥을 모아 앞으로 뻗어 불을 쬐면서 눈을 반쯤 감고 행복한 표정을 지었다.

이 순간만큼은 자신의 처지도 잊은 듯한 모습이다. 그러기에 배고파 봐야 밥이 맛있는 줄 알고 추워봐야 불이 따뜻한지를 아는 법이다.

맞은편에 앉은 화용군은 그녀를 물끄러미 바라보다가 엉금엉금 기어서 구석에 있는 이불을 들고 와서 그녀의 어깨에 감싸주었다.

그러고는 맞은편으로 가려니까 소녀가 살며시 그의 손을 잡으며 속삭이듯 말했다.

"여기 같이 앉아."

그녀는 화용군의 손을 잡아끌어 옆에 앉히고는 이불을 넓게 펴서 그의 몸에도 덮어주었다.

"따뜻하지?"

소녀가 물었다.

"그래."

불빛에 반사되어 얼굴이 빨개진 소녀는 더없이 행복한 표정을 지었다.

소년과 소녀는 어깨를 맞대고 한동안 따스한 불빛을 쬐며 침묵을 이어갔다.

"내 이름은 유진(劉珍)이야."

그러다가 소녀가 생각난 듯 자기소개를 했다.

"나는……."

화용군은 이렇게 통성명을 하는 게 어색해서 잠시 말을 멈췄다가 다시 이었다.

"화용군."

"난 열두 살이야."

소녀 유진의 말에 화용군은 전혀 예상 밖이라는 듯 그녀를 쳐다보았다.

자신보다 키도 크고 발육 정도로 봤을 때 두세 살쯤 연상인 줄 알았던 것이다.

"너는?"

"나도 열두 살이야."

"그래?"

유진은 마치 객지에서 친척이라도 만난 것처럼 반가운 표정을 지었다.

화용군은 같은 나이인데도 자신이 훨씬 체구도 키도 작은 것에 대해서 열등감을 느끼고 있으며 그녀가 그것에 대해서 뭔가 말할 줄 알았다.

그런데 소녀는 그런 내색은 전혀 없이 천진난만하게 그의 손을 잡고 흔들었다.

"우리 이제 친구하자."

화용군이 대답이 없자 그녀는 의아한 표정을 지었다.

"나랑 친구하는 거 싫어?"

"아냐."

"그럼 왜 그래?"

화용군은 잡힌 손을 슬며시 빼며 그녀를 쳐다보았다.

"너 참 밝은 성격이구나."

"하하하! 그것 때문에 그래?"

"응."

유진은 움막 안이 울리도록 방울을 흔드는 것처럼 명랑하게 웃었다. 이 순간만큼은 지금의 처지를 잠깐 잊은 듯했다.

그녀는 어둠 속에서도 흑백이 또렷한 눈으로 화로의 불을 응시하며 말했다.

"어른들이 나더러 싫고 좋은 게 분명한 성격이랬어. 그리고 되게 낙천적이래. 내가 생각해도 그런 것 같아. 나는 어중간한 건 질색이야. 그리고 좋지 않은 상황에 처해 있다고 해서 연신 걱정만 하는 것은 도움이 되지 않아. 걱정하는 것과 생각하는 것은 달라."

그녀가 한꺼번에 많은 말을 쏟아내고는 화용군이 물끄러미 자신을 바라보고 있자 배시시 미소 지었다.

"게다가 나는 기분이 좋을 때는 말이 많아져."

지금 그녀는 기분이 좋다는 뜻이다. 단순한 성격 같지만 사실은 작은 일로도 희망을 잃지 않으려는 긍정적인 성격이라고 할 수 있다.

"그런 것 같아."

"말 많은 여자 싫어?"

화용군의 누나 화수혜는 지나칠 정도로 과묵했었다. 꼭 필요한 말만 했으며 언제나 조용했다.

그래서인지 화용군은 세상의 여자들은 모두 누나 같은 줄만 알고 있었다.

하지만 지금 그가 좀 뜨악한 표정을 지은 것은 유진이 자신을 가리켜서 '여자'라고 칭했기 때문이다. 열두 살짜리 소녀는 아직 여자라고 할 수 없을 만큼 어리다고 생각하는 화용군은 그게 어색했다.

"아니."

화용군은 고개까지 가로저으면서 새로운 사실 하나를 깨닫고 조금 기쁘면서도 서글퍼졌다.

누나하고 헤어지면 세상천지에 자신 혼자뿐이라고 여겼었는데 불과 하루 만에 새 친구가 생겼다.

물론 누나만큼 든든한 의지가 되지는 않지만 또 다른 면으로 마음이 편안했다.

새 친구가 생겼다는 사실 덕분에 기뻤지만 그로써 누나의 존재가 잊히는 것은 아닐까 하는 생각에 슬퍼졌다.

"나 아까 네가 창고에 들어왔을 때 깜짝 놀랐었어."

유진이 아까 생각을 하면서 짐짓 눈을 크게 떴다.

"왜?"

그녀는 화용군을 말끄러미 바라보았다.

"정말로 예쁜 여자아이가 날 구하러 온 줄 알았어."

화용군의 뺨이 살짝 붉어지는 걸 보면서 유진은 감탄을 금치 못했다.

"어머, 이것 봐. 수줍어하니까 영락없는 여자아이야. 그것도 천하에서 제일 아름다운."

"그만해."

화용군은 지금까지 귀가 닳도록 들어온 그 말이 정말 싫었다. 사내라면 사내답게 생겨야 한다는 게 그의 생각인데, 지나칠 정도로 예쁘장하게 생긴 것이 마음에 들지 않았다.

"다리를 벌려."

"왜?"

화용군이 불쑥 말하자 유진은 의아한 표정을 지었다가 곧 그의 말뜻을 알아차렸다.

사타구니가 젖었으니까 불에 말리라는 것이다. 아까 같았으면 발끈 화를 냈겠으나 화용군이 전혀 사심 없이 말한다는 사실을 알고 나서는 그냥 단순하게 받아들여서 아무렇지도 않았다.

"너는……."

유진은 화용군 앞섶이 온통 피투성이였던 것을 기억해 내고 말하려다가 입을 다물었다.

그의 앞섶에서 무럭무럭 김이 뿜어지고 있었다. 얼어붙었던 피가 불길에 마르고 있는 중인 것이다.

잠이 들었던 것 같다.

화용군은 유진 때문에 잠이 깼으나 그녀가 그를 깨운 것은
아니다.

그녀가 조금씩 꿈틀거리면서 끙끙 앓는 듯한 미약한 신음
소리를 내는 것 같아서 한 이불을 덮고 있는 그가 잠이 깬 것
이다.

깨어나 보니까 두 사람은 화로 가까이에 옆으로 누워서 잔
뜩 웅크려 있었다.

화로 쪽에 잔뜩 웅크린 자세의 유진이 그의 가슴과 배에 등
과 둔부를 밀착시킨 채 종이 한 장 들어갈 틈조차 없이 안겨
있었다.

유진도 새우 자세고 화용군도 새우 자세로 화로를 향해서
누워 있는 모습이다.

화용군이 그녀를 안았다거나 그녀가 그의 품에 안겼다는
구분 자체가 무의미했다.

화로의 불이 시들해져서 몹시 추워지니까 몸에서 체온이
라도 조금 느끼려고 무의식중에 그리고 본능적으로 서로를
안았을 것이다.

그 예로 화용군이 그녀를 부둥켜안고 있으며 그녀가 손으
로 그의 손등을 꼭 누르고 있었다.

말하자면 그녀가 화용군의 손을 끌어다가 자신을 안도록 했다는 얘기다.

그런데 화용군이 깨어나 보니까 자신의 음경이 잔뜩 웅크리고 있는 유진의 둔부에 밀착되어 있는 것과 자신의 손이 그녀의 봉긋한 가슴을 꼭 잡듯이 누르고 있다는 사실을 깨닫고 적잖이 난감했다.

아직 사내로서 욕정 같은 것을 전혀 모르기 때문에 음경이 발기를 했다든지 이상한 마음을 품지는 않았지만, 어려서부터 남녀칠세부동석이라고 배웠기 때문에 본능적으로 이래서는 안 된다고 느끼는 것이다.

스슥······.

몰랐으면 모르지만 알게 된 이상 그냥 있을 수가 없어서 그는 몸을 조금씩 움직여서 유진의 둔부에서 하체를 떼고는 그녀의 가슴을 누르고 있는 손을 빼려고 했다.

"아아··· 그대로 있어······."

그런데 그녀가 달달 떨리는 목소리로 말하면서 그의 손을 누르고 있는 자신의 손에 힘을 주었다.

지금 상황에서의 그녀에게는 화용군이 오로지 따스한 체온일 뿐이다. 그러므로 체온이 자신에게서 멀어지는 것이 싫은 것이다.

"진아."

화용군은 그제야 그녀가 격렬하게 떨고 있다는 사실을 깨닫고 벌떡 일어나 앉았다. 그도 추워서 견딜 수 없을 지경인데 그녀는 오죽하겠는가.

확인해 보니까 화로의 불은 거의 꺼져서 몇 개의 작은 불씨만 겨우 남아 있는 상태다.

"잠시만 기다려."

그는 유진의 몸에 이불을 잘 덮어주고는 급히 움막 밖으로 달려나갔다가 잠시 후에 마른 갈대를 한 아름 꺾어가지고 돌아왔다.

그런데 유진이 잠이 덜 깬 부스스한 얼굴로 이불도 쓰지 않은 채 꼿꼿하게 앉아서 덜덜 떨고 있는 모습을 보고 그가 의아해서 물었다.

"왜 일어났어?"

"너는 추운데도 밖에 있는데 어떻게 나 혼자……."

고생하는 화용군을 두고 자신만 어떻게 누워 있느냐는 그녀의 말에 그는 가슴이 쥐어짜는 듯 뭉클했으나 내색하지 않았다.

그는 화로로 다가가 부드러운 갈댓잎을 구겨서 조금만 넣고 불을 일으키려고 입술을 오므려 입바람을 불었다.

"활활 타오르게 많이 넣어."

유진이 와들와들 떨면서 옆에서 역성을 들었다.

화용군은 엷은 미소를 지으며 일깨워주었다.

"불이 갑자기 확 일어나면 움막을 태우고 말 거야."

"아… 그렇구나."

유진은 극도로 추우면서도 혀를 쏙 내밀면서 주먹으로 자신의 머리를 콩 때렸다.

"유진은 밥통이야."

"이제 따뜻해질 테니까 누워서 자. 내가 화롯불이 꺼지지 않도록 할게."

"어디 가?"

화용군이 화로에 갈대를 조금 더 집어넣고 움막 밖으로 나가려 하자 유진이 물었다.

"나무 좀 해 올게."

배의 나무 바닥을 뜯어서 불을 피우려는 것이다.

유진이 일어섰다.

"나도 갈게."

"추워. 그냥 있어."

"아냐."

기어코 따라 나오는 유진을 보면서 화용군은 돌아서서 그녀를 막았다.

"추운데 고생하지 말고 그냥 있어."

유진은 울상을 지었다.

"나 오줌 마려."

"아……."

뚜둑… 뚝…….

화용군은 아까 나무 바닥을 뜯던 곳에서 단검으로 다시 나무를 자르면서 뜯기 시작했다.

그런데 유진이 그의 옆에 서서 두 발을 구르며 서 있는 모습을 보고 턱으로 움막에 가려진 쪽을 가리켰다.

"저쪽에 가서 볼일 봐."

"무서워……."

스산하게 달빛만 흩뿌리고 싸늘한 삭풍이 불고 있는 배의 아무도 없는 곳에서 혼자 용변을 보는 것이 생각만 해도 무서운 유진이다.

"여기에서 보면 안 돼?"

유진은 조금 더 다가들어 한 손으로 화용군의 팔을 잡으며 부탁했다.

"좋도록 해."

화용군은 그녀가 용변을 보더라도 자신이 쳐다보지 않으면 그만이라는 생각에 부지런히 나무를 뜯어내는 일에만 열중했다. 그러느라 정말 그녀가 오줌을 눌 것이라는 사실을 까맣게 잊어버렸다.

뿌득… 투둑…….

동이 틀 때까지 불을 때려면 나무가 많아야 할 것 같아서
부지런히 뜯었다.

쏴아…….

그런데 그때 옆에서 갑자기 물소리가 나서 깜짝 놀란 그는
하던 일을 멈추고 고개를 들어 하늘을 쳐다보았다. 갑자기 소
나기가 오는가 싶었다.

쏴아아…….

그러나 하늘에는 달과 뭇별들이 떠서 반짝이는데 물소리
는 계속 들렸다. 그래서 물소리가 들리는 방향을 무심코 쳐다
보았다.

유진이 그에게 등을 보인 채 쪼그리고 앉아 있는데 그녀의
몸 아래쪽에서 물소리가 났다.

'아…….'

그녀가 소변을 보고 있으며 지금 들려오고 있는 물소리는
그녀가 오줌을 누는 소리라는 사실을 그제야 깨달은 그는 이
미 그녀의 새하얀 둔부를 보고 말았다.

달은 밤하늘에도 떠 있지만 더 희고 밝은 달이 갑판에도 떠
있는 것 같았다.

화용군은 아무 사심 없이 그녀의 하얀 둔부를 응시하며 그
냥 막연하게 예쁜 궁둥이라는 생각을 했다.

그때 그녀가 묘한 표정을 지으며 그를 돌아보다가 두 사람의 눈이 딱 마주쳤다.

"아……."

"미, 미안해."

당황한 화용군은 얼른 고개를 돌렸다.

"몰라……."

유진은 너무 부끄러워서 그의 팔을 꼭 붙잡으면서 고개를 푹 숙였다.

그런데도 참고 참았던 야속한 오줌은 계속 나왔고 그 소리는 고요한 밤의 적막을 오랫동안 깨뜨렸다.

한밤중에 난데없는 소동을 벌이느라 두 사람은 잠이 싹 달아나 버렸다.

두 사람은 이불을 뒤집어쓰고 화롯가에 나란히 앉았다.

유진이 소변을 보고 나서 일각 정도가 흐르는 동안 두 사람은 아무 말도 하지 않았다.

"군아."

문득 유진이 화롯불을 말끄러미 주시하며 입을 열었다.

화용군이 대답하지 않고 가만히 있으니까 그녀는 착 가라앉은 목소리로 이었다.

"구해줘서 고마워."

화용군은 말없이 고개만 가볍게 끄떡였다. 문득 그녀의 목소리가 풀잎끼리 스치는 것처럼 사근사근하며 몹시 듣기 좋다는 생각이 들었다.

유진은 화용군이 목숨을 구해준 엄청난 은혜에 대해서 자신이 이제껏 아무런 감사의 말도 하지 않았다는 사실이 너무 어이가 없었다.

구명지은에 보은을 하는 것은 나중에 집에 돌아가야 할 수 있지만 말 한마디는 아무 때라도 할 수가 있는 것이다. 어이없게도 그걸 잊고 있었다.

그녀는 절대로 무례하고 후안무치한 사람이 아니다. 그런데도 아무리 경황이 없었기로서니 자신이 감사의 말조차 하지 않았다는 것이 이해가 되지 않았다.

그런데도 화용군이 거기에 대해서는 조금도 서운하게 여기지 않는 것이 오히려 더 미안했다.

그녀는 집에 돌아가기만 하면 화용군을 부모님께 소개하고 그에게 크게 보은하리라 다짐했다.

그것을 지금 백 마디 말로 하는 것보다 실천으로 옮기는 것이 더 중요하다.

"나는 누군가에게 납치되면서 혈도를 제압당해서 정신을 잃었는데 깨어나 보니까 아까 그곳이었어."

그녀는 입술을 잘근잘근 깨물었다. 그곳에서의 감금 생활을 생각할수록 분노가 치밀었다.

"아까 거기가 어디였어?"

"남경성 북하진의 비도문이란 하오문이야."

"하오문……."

화용군은 빨간 화롯불을 주시하느라 유진의 얼굴에 기가 막힌다는 표정이 떠오르는 것을 보지 못했다.

유진은 최초에 자신을 납치한 자들이 어떤 방파에 속했는지 짐작하고 있으며 그자들 세 명의 얼굴은 지금도 생생하게 기억하고 있다.

그자들은 하오문도 따위가 아니다. 무림의 쟁쟁한 방파의 고수들이다.

그렇다면 그들은 유진을 죽이지 않고 하오문인 비도문에 맡긴 게 틀림없다.

자신들 방파에 몰래 데리고 있다가 자칫 발각되거나 소문이라도 새어 나가는 날에는 멸문지화를 당하게 될지도 모르기 때문이다.

그자들이 유진을 죽이지 않은 것을 보면 살려둬야만 할 이유가 있었던 것이 분명하다.

예를 들면 그녀의 목숨을 갖고 그녀의 가문과 흥정을 한다든지 어떤 이득을 취하려는 짓을 꾸몄을 것이다.

어쨌든 이제 그녀가 천신만고 끝에 살아서 가문으로 돌아

감으로써 그자들의 방파와 하오문인 비도문은 절대로 무사하
지 못할 터이다.

"그런데 넌 어떤 사람이야?"

유진은 화제를 바꾸었다. 그녀는 자신을 구해준 화용군이
어떤 사람인지 처음부터 궁금했었다.

"난 항주에 살았어. 그리고 지금은 산동성 제남으로 가는
길이야."

"혼자서?"

"그래."

화용군은 자신의 가문이 어떤 일에 휘말려서 멸문을 당했
는지, 그리고 자신과 누나가 어떻게 구사일생 살아남아서 여
기까지 흘러왔으며, 누나가 기루에 몸을 팔아 그 돈으로 무술
을 배우러 백학무숙이라는 곳으로 가려 한다는 말을 유진에
게 하고 싶지 않았다.

상대가 유진이라서가 아니라 어느 누구에게도 자신의 일
은 비밀로 하고 싶었다.

별다른 이유는 없다. 그저 구차한 것 같기 때문이다. 그러
지 않아도 현재의 그는 충분히 구차하다. 아니, 비참하다. 거
기에 대해서는 한마디도 하고 싶지가 않다. 더구나 유진에게
는 더욱더.

유진은 그런 화용군의 의도를 짐작했는지 그의 신세에 대

해서는 더 이상 거론하지 않고 다른 것을 물었다.

"그런데 비도문에는 무슨 일로 온 거야?"

"찾아야 할 사람이 있어."

"좋은 일로? 아니면 나쁜 일이야?"

"나쁜 일."

"그랬었구나."

거기에서 대화가 끊어졌다.

화용군은 화로에 나무를 더 넣기 위해서 잠을 자다가 몇 번이나 깼다.

그럴 때마다 유진은 두 가지 자세로 그에게 안겨 있었다. 새우처럼 몸을 웅크리고 그를 등진 채 그의 두 팔을 가슴에 꼭 끌어안고 있거나, 아니면 마주 보는 자세로 가슴과 뺨을 맞대고 자는 모습이었다.

화용군이 나무를 넣으려고 상체를 조금 일으키면 그녀는 떨어지지 않으려고 꼭 붙어 있었다.

그런데 화용군이 네 번째로 잠에서 깼을 때 유진은 그의 품에 없었다.

이상한 생각에 눈을 뜨니까 조금 떨어진 곳에 유진이 앉아 있는 모습이 보였다.

그런데 유진을 발견한 화용군은 움찔 놀랐다. 그녀가 운공조식의 자세를 취하고 있었기 때문이다.

화용군의 부친, 아니, 돌아가신 선친은 무인(武人)이었다. 유명하거나 대단한 실력자는 아니었지만 그 지역에서는 제법 알아주었던 무인인 것만은 분명했다.

그래서 어린 화용군은 선친이 아침저녁으로 운공조식을 하는 광경을 자주 봤었다.

그런데 그 운공조식을 지금 유진이 하고 있다. 그녀처럼 어린 소녀가 운공조식을 할 정도의 무인이었다는 사실이 무술이나 무공에는 전혀 문외한인 화용군으로서는 그저 놀라울 따름이다.

화용군의 선친은 무인으로서 그 지역 유수의 문파에서 중간급 지위를 맡고 있었으나 어째서인지 자신의 자식들이 무도(武道)를 가는 것을 원하지 않았다.

선친은 이따금 술을 마시면서 어머니와 대화를 할 때면 무림이라는 세계에 환멸을 느끼는 것처럼 말했었다. 최소한 어린 화용군이 봤을 때는 그랬었다. 그래서 자식들에게 무술을 가르치지 않는 것이라고 이해를 했었다.

선친은 집에서는 일체 무술에 대해서 말하지 않았으며 그 자신은 집에서 무술 수련을 하지 않았었다.

다만 아침저녁으로 참선하듯이 고요히 앉아서 운공조식만은 했었다.

"하아……."

그때 유진이 길게 한숨을 토해내는 소리를 듣고 화용군은 급히 눈을 감았다.

"그놈들이 대체 혈도를 어떻게 점해놨기에 운공조식이 안 되는 것일까……."

그렇게 나직하게 중얼거리는 그녀의 말이 들렸다.

"괜찮아. 집에 가면 아버지께서 고쳐 주실 거야."

이어서 낙천적이고 밝은 성격의 그녀답게 중얼거리고는 화용군에게 다가와 스스럼없이 그와 마주 보는 자세로 품으로 파고들며 두 팔로 그의 등을 꼭 끌어안았다.

"아… 추워……."

아침에 일어나 두 사람이 부스스한 얼굴로 마주 앉았다.

"군아, 너에게 말해둘 것이 있어."

유진이 할 말이 있다면서 화용군을 일어나게 하여 마주 보고 앉혔다.

"나 이담에 어른이 되면 군아 너하고 혼인하고 싶어."

너무도 갑작스러운 말이다. 유진은 앞에 앉은 화용군의 두 손을 꼭 잡고 진심 어린 표정으로 말했다.

나중에 어른이 되면 어떻게 변할는지 모르지만 지금 그녀의 진심은 그랬다.

그리고 어른이 된다고 해도 절대로 변하지 않을 것이라고 다짐했다.

화용군은 그녀의 난데없는 말에 뜨악한 표정이다.

"내가 널 구해주었기 때문이야?"

그의 물음에 유진은 고개를 끄떡였다.

"그걸 부인할 수는 없어."

그녀는 화용군의 손을 잡은 채 다부지지만 진심 어린 표정을 지었다.

"하지만 그보다 더 큰 이유가 있어."

화용군은 이런 어색한 분위기에서 빨리 벗어나고 싶었다.

"뭔데?"

"군아 널 좋아해. 내가 어른이 된다고 해도 너보다 더 좋은 남자를 만나지는 못할 것 같아."

그렇게 말해놓고 유진은 뒤늦게 부끄러워서 얼굴을 붉혔다. 그러고는 새침하게 화용군을 흘겼다.

"너는 날 좋아하지 않니?"

화용군은 엷은 미소를 지었다.

"좋아해."

"정말이지?"

"그래."

"그럼 나중에 어른이 되면 나하고 혼인할 거야?"

화용군은 대답하지 않고 유진을 빤히 응시했다.

유진은 자못 긴장된 표정으로 눈을 깜빡거리면서 그를 바라보았다.

이윽고 화용군은 고개를 끄떡였다.

"알았어."

그가 승낙을 하는 이유는 유진처럼 '어른이 돼도 너보다 좋은 여자를 만나지 못할 것 같아' 라는 게 아니다.

지금 유진이 좋으니까 그러자고 한 것이다. 일단 그렇게 결정해 버리면 그걸 죽는 날까지 가슴에 품고 살 것이다. 그게 화용군의 성격이다.

그렇기 때문에 화용군 같은 성격은 약속이나 맹세 같은 것을 함부로 남발하지 않는다. 한 번 뱉으면 목숨을 걸고서라도 지켜야 하기 때문이다.

"나한테 정표로 줄 만한 물건이 있는지 찾아봐."

화용군의 대답에 환한 표정을 지으며 유진은 자신의 품속을 뒤지면서 말했다.

그녀가 품속에서 뭔가를 꺼낼 때 화용군도 품속 깊은 곳에 꼭꼭 감춰두었던 물건을 꺼냈다.

슥—

"이걸 줄게."

유진이 내민 하얗고 조그만 손바닥 위에는 그보다 더 흰 작고 예쁜 방울 하나가 놓여 있었다.

은으로 만든 은방울이며 붉고 푸른 두 개의 엄지손톱 크기의 보석이 양쪽에 매달려 있었다. 일견하기에도 결코 범상치 않은 물건이 분명했다.

"백자명령(白自鳴鈴)이라고 하는 방울이야. 여기에는 내 혼령이 담겨 있어. 다섯 살 생일 때 초대받아서 온 어느 신승(神僧)이 생일 선물로 준 건데 어떤 의식을 거쳐서 내 혼령을 조금 나눠서 이 속에 넣었대."

사그랑… 자그랑……

화용군이 방울 백자명령을 들어 가볍게 흔드니까 보통의 방울 소리하고는 조금 다른, 그러면서 더 맑고 청아한 소리가 흘러나왔다.

화용군은 손가락 세 마디 길이의 붉은색 비녀 하나를 내밀었다.

"이건 누나가 내게 준 거야."

돈이 필요하면 팔아서 쓰라고 누나가 그에게 남긴 것이다. 하지만 그는 아무리 돈이 궁해도 비녀 홍옥잠(紅玉簪)은 절대로 팔지 않을 각오였다.

"아아… 예뻐."

움막 틈새로 스며든 햇살에 홍옥잠의 불그스름 영롱한 홍광이 반사되는 것을 보고 유진은 탄성을 터뜨렸다.

그녀는 헝클어지고 늘어진 머리카락을 곱게 말아 올려서 마치 엄숙한 의식을 행하듯이 홍옥잠을 머리에 꽂고 화용군에게 보여주었다.

"어때?"

화용군은 흐뭇한 미소를 지었다.

"예뻐."

홍옥잠을 꽂은 유진의 모습에서 누나의 아리따운 모습이 엿보였다.

유진은 보란 듯이 작은 가슴을 내밀었다.

"앞으로 이 비녀를 하고 있는 여자를 만나게 되면 내 여자겠거니 하고 알아봐야 해?"

"그래."

유진은 갑자기 화용군 앞에 단정하게 무릎을 꿇고 앉더니 눈을 감고 입술을 내밀었다.

"뽀뽀해 줘."

"금방 올 거지?"

"알았어."

남경 성내에서 가장 번화하고 복잡한 광화문(光華門) 근처 주루 안에서 유진은 화용군의 손을 잡고 당부했다.

유진의 집은 이 근처다. 그녀가 집에 거의 다 왔다면서 부모님에게 화용군을 소개시킨다느니, 앞으로 어떻게 할 거라느니 신바람이 나서 떠드는 걸 보고 그는 전혀 딴생각을 하고 있었다.

그는 한시바삐 만보 형제를 찾아내서 강탈당한 은자 이백 냥을 되찾는 것이 무엇보다도 급했다.

그런 상황에 유진네 집에 따라 들어가서 부모님께 인사를 할 정신이 어디에 있겠는가.

집 근처까지 왔으니까 여기에서는 그녀 혼자서 충분히 집에 들어갈 수 있다고 여긴 그는 이쯤에서 그만 떠나려고 하는 것이다.

"일각 안에 와야 해."

"그래."

유진은 틀어 올린 머리에 꽂은 홍옥잠을 톡톡 건드리면서 위엄 있게 말했다.

"장래 부인으로서 빨리 돌아올 것을 명령하노라."

서 있는 화용군은 물끄러미 그녀를 굽어보다가 이윽고 손을 놓고 돌아서 주루를 나갔다.

약속한 일각이 세 번이나 지날 때까지도 화용군이 돌아오지 않자 유진은 그가 자신을 두고 떠났다는 사실을 비로소 깨닫게 되었다.

믿어지지 않았으나 그녀는 그 사실을 확인하기 위하여 다시 일각이 세 번 지나도록 화용군을 기다렸다.

결국 그녀는 화용군이 꼭 돌아오겠다고 말하고 나간 이후 일각이 여덟 번 지나서야 자리에서 일어났다.

그제야 그녀는 화용군이 이미 음식 값을 충분히 계산하고 떠났다는 사실을 알게 되었다.

주루 밖 거리로 나선 유진은 하염없이 눈물을 흘렸다.

"흑흑… 장래 부인으로서 첫 번째 내린 명령이었는데……."

그녀는 흐르는 눈물을 닦을 생각도 하지 않으면서 집을 향해 거리를 걸어갔다.

그러면서도 화용군이 뒤늦게라도 돌아올지 몰라서 연신 주위를 두리번거렸다.

주루에서 백여 장 밖에 떨어져 있지 않은 자신의 집까지 가는 동안 그녀는 수십 번도 더 주루를 돌아보았다.

그녀가 눈물을 그치지 못하고 폭 십여 장의 드넓은 대로를 걸어가는 동안 아무도 그녀를 알아보지 못했다.

설마 그녀가 이처럼 후줄근한 옷차림과 꾀죄죄한 몰골로 거리를 활보하리라고 아무도 생각하지 않았다.

이윽고 그녀가 걸음을 멈춘 곳은 대로변의 어느 거대한 전문 앞이고, 활짝 열려 있는 전문 밖에는 다섯 명의 잘 차려입은 무사가 삼엄한 모습으로 지키고 있었다.

전문 위 커다란 현판에는 용사비등한 필체의 큰 글씨로 '검황신문(劍皇神門)'이라고 적혀 있었다.

유진은 눈물을 흘리면서 마지막으로 주루 쪽을 한 번 쳐다보고는 전문 안으로 걸어 들어갔다.

다섯 명의 호문무사(護門武士)는 처음에는 그녀를 막으려고 했으나 곧 그녀가 누군지 알아보고는 대경실색하며 땅바닥에 몸을 던지며 엎드렸다.

"소문주(小門主)를 뵈옵니다!"

제6장

거듭되는 좌절

　유진을 그녀의 집 근처에 데려다준 화용군은 홀가분한 마음이 되어 만보 형제의 집으로 갔다.

　정오가 조금 지난 시각인데 예상했던 대로 만보 형제는 집에 없었다.

　만보 형제가 낮에는 비도문에 있을 것 같아서 비도문으로 향했다. 집을 나간 만보 형제가 비도문 아니면 단골 기루인 홍예루에 있을 것이라고 추측했다.

　그렇지만 비도문에서 하오문도 한 명이 살해당했고 감금해 두었던 유진이 탈출한 긴장된 분위기 때문에 만보 형제가 마음대로 홍예루에 가지는 못했을 것 같다.

비도문 앞을 두어 차례 오락가락한 화용군은 아예 비도문 입구가 잘 보이는 맞은편 골목 어귀에 자리를 잡고 앉았다.

비도문 안에는 이따금 허름한 옷차림에 상스러워 보이는 사내들이 왔다 갔다 하는 모습이 보였으나 화용군이 예상했던 것처럼 심각한 분위기는 아닌 것 같았다.

왜 그런 것인지 이유까지 화용군이 알 필요는 없다. 그는 단지 만보 형제만 찾아내면 된다.

그는 골목 어귀 약간 안쪽에 서서 시선을 비도문에 고정시킨 채 오른팔로는 쉬지 않고 야차도를 흔들어 칼집에서 뽑는 연습을 반복했다.

병기점에서 칼집을 만든 이후 지금까지 수천 번도 더 야차도 뽑는 연습을 했을 것이다.

그런 탓에 오른손 손바닥과 손목이 칼끝에 수도 없이 찔렸으며, 칼에 스친 손목이 헐었으나 그는 연습하는 것을 멈추지 않았다.

이제는 많이 숙달되어 팔을 조금만 슬쩍 흔들어도 여지없이 야차도가 스르르 뽑혀 손에 잡힌다.

사릉…….

그런데 야차도가 뽑혀서 흘러내려 그의 오른손에 잡힐 때마다 옥구슬을 쟁반 위에 굴리는 듯한 조그만 소리가 소매 안에서 들렸다.

그것은 유진이 혼인 정표로 준 백자명령을 야차도 손잡이 끝의 고리에 매달았기 때문이다.

화용군에게는 매우 중요한 물건이기 때문에 품속에 넣었다가는 잃어버릴 수도 있어서 자신의 분신이나 마찬가지인 야차도에 매단 것이다.

'저놈들… !'

비도문 입구를 주시하는 화용군의 두 눈에서 시퍼런 불꽃이 번뜩였다.

만보 형제는 거리에 어둑어둑 땅거미가 내려앉을 즈음이 돼서야 비도문에서 나왔다.

화용군은 비도문에서 그들 둘만 나온 것을 확인하고는 오 류 장 거리를 두고 뒤따르기 시작했다.

걸으면서 화용군은 재빨리 주위를 특히 비도문 쪽을 둘러보았다. 대낮에도 한산한 이 거리는 땅거미가 깔리는 지금은 개 한마디도 보이지 않았다. 비도문에서는 인기척조차 들리지 않았다.

'여기에서 해치우자.'

어차피 만보 형제를 죽여야지만 돈을 찾을 수 있을 거면 그들이 집이나 홍예루에 갈 때까지 따라갈 필요가 없다는 생각이 들었다.

이미 사람을 두 명이나 죽여봤기 때문에 살인하는 것에 어느 정도 자신이 붙은 것은 아니다.

방 숙을 죽일 때나, 비도문 창고의 그 사내를 죽일 때나 둘다 힘들었고 또 두려웠었다. 그러니까 세 번째도 마찬가지일 것이다.

그렇지만 저기 앞서 가고 있는 저 두 놈을 죽이지 않고 은자 이백 냥을 되찾을 방법이 없다.

만보 형제는 둘 다 보통 사람들보다 체구가 큰 편이다. 열두 살치고는 작고 연약한 편인 화용군에 비하면 세 배는 더 큰 체구다.

만일에 그에게 야차도가 없었다면 화용군은 만보 형제뿐만 아니라 방 숙이나 비도문 창고의 사내를 죽일 꿈도 꾸지 못했을 것이다.

그리고 그는 한 가지 중요한 사실을 깨달았다. 싸움은 덩치로 하는 것이 아니라 무기와 기회로 하는 것이라는 사실을 말이다.

칼이란 것은 찌르면 쑤시고 들어가게 되어 있다. 그리고 기회를 잘 포착하여 냅다 찌르면 죽이는 일은 생각하는 것처럼 어렵지는 않다.

'죽인다.'

화용군은 어금니를 힘껏 악물고 빠른 걸음으로 만보 형제에게 다가갔다.

　걸어가면서 오른팔을 슬쩍 흔들어 야차도를 오른손에 잡고는 칼끝이 아래로 향하게 고쳐서 움켜잡고 오른손을 등 뒤로 감추었다.

　야차도가 움직일 때마다 소매 속에서 유진이 정표로 준 백자명령이 사릉사릉 하고 울렸으나 워낙 작은 소리라서 화용군에게만 들렸다.

　만보 형제와의 거리가 일 장으로 좁혀지자 그들의 대화를 들을 수 있게 되었다.

　뭐가 그리 좋은지 그들은 킬킬거리면서 어떤 여자에 대한 음담패설을 지껄였다.

　대화의 내용으로 미루어 봤을 때 홍예루에 새로 온 기녀에 대한 것이었다.

　만보 형제는 남경 성내 명야객점 주인 방 숙이 죽은 사실을 아직 모르고 있는 듯했다.

　설혹 안다고 해도 그를 죽인 사람이 강에 집어 던졌던 연약한 꼬마일 줄은 상상조차도 못할 것이다.

　거리에는 이미 어둠이 자욱하게 내렸다. 화용군은 일부러 발소리를 죽이려고 애쓰지 않았다.

　지금처럼 조용한 저녁나절이면 아무리 노력해도 발소리가

나게 마련이니까 부질없는 조심은 하지 않는 게 좋다고 화용
군은 생각했다.

그러니까 그냥 자연스럽게 지나가는 사람처럼 보이는 게
나을 것 같았다.

이상하게도 사람을 죽이기 직전인데도 추호도 겁나지 않
았으며 가슴이 뛰거나 긴장하지도 않았다.

그저 마땅히 해야 할 일을 앞두고 있는 것처럼 어느 때보다
마음이 차분했다.

자박자박……

그가 반 장쯤 가까워졌을 때 대화를 하던 만보 형제 중에
형 만보가 힐끗 뒤돌아보았다.

만보의 눈에 비친 것은 고개를 푹 숙인 꼬마 하나가 자신들
곁을 스쳐 지날 것처럼 빠르게 걸어오고 있는 모습이라서 대
수롭지 않게 여기고 고개를 앞으로 돌리며 동생과 하던 대화
를 계속했다.

"푸헤헤… 그래서 말이야, 오늘 밤에 그 계집을 우리 둘이
서 한번 잡숴보자 이거야."

"헤헤헤… 미미는 어쩌고?"

"미미하고 한꺼번에 넷이서 자는 건 어떠냐?"

"우헤… 그거 괜찮네."

만보 형제 뒤에 바싹 붙어선 화용군의 눈이 새파랗게 번들

거리며 만보의 뒤에 바짝 붙어서 오른손의 야차도를 머리 위로 쳐들었다가 벼락같이 아래로 찍어 내렸다.

푹!

"끅!"

야차도가 등허리 한복판을 힘껏 찌르자 만보가 답답한 신음을 흘리며 주춤 걸음을 멈추었다.

화용군은 뾰족하기 이를 데 없는 야차도가 한 번의 찌름으로 손잡이만 남기고 깊이 꽂혔다는 사실을 깨달았다.

순간 그는 야차도를 뽑는 것과 동시에 바로 옆에 있는 동생 만호의 등을 찍어갔다.

푹!

"윽!"

그러나 만호가 크게 놀라서 다급히 뒤돌아보는 바람에 등이 아니라 팔뚝을 찌르고 말았다.

"으으… 너……."

만호는 피 묻은 야차도를 움켜쥐고 재차 찌르려고 하는 화용군을 발견하고 반사적으로 주춤 뒤로 물러서면서 그를 쏘아보았다.

그는 분노와 두려움이 범벅된 일그러진 표정의 화용군을 한눈에 알아보았다.

그가 바로 화용군을 명야객점 밖 진회하 강물에 집어 던졌던 장본인이기 때문이다.

"끄으으……."

그때 형 만보가 신음을 흘리면서 쓰러지는 것을 만호가 힐끗 쳐다보았다. 이런 상황에서는 한눈을 팔아서는 안 된다는 사실을 망각했다.

그 순간을 놓치지 않고 야차도가 재빨리 허공을 가르며 만호의 왼쪽 옆구리에 쑤셔 박혔다.

"흑!"

만호는 옆구리를 움켜잡으며 고통스러운 얼굴로 비틀거리다가 발작적으로 화용군을 발로 냅다 걷어찼다.

퍽!

"헉!"

복부를 걷어채인 화용군은 허공으로 붕 떠올랐다가 일 장 밖에 나뒹굴었다.

덩치 큰 어른의 발길질은 연약한 어린 소년을 지푸라기처럼 날려 버렸다.

"흐으으… 이 새끼… 죽여 버리겠다……."

만호는 옆구리에 꽂힌 야차도를 뽑아서 땅에 팽개치고 품속에서 반월처럼 휘어진 단도를 꺼내 쥐고는 비틀거리면서 화용군에게 다가왔다.

왼팔과 왼쪽 옆구리에서 꾸역꾸역 피를 흘리면서 얼굴을

일그러뜨리고 단도를 치켜든 채 다가오고 있는 만호의 모습은 흉신악살에 다름 아니다.

"으으… 이 쥐방울만 한 놈의 새끼가 물귀신처럼 살아나서 감히 우리 형제를……."

뒤로 벌렁 쓰러져서 두 팔꿈치로 땅을 지탱한 채 상체를 일으키려 하고 있는 화용군은 두 걸음까지 다가와 오른손의 단도를 치켜들고 있는 만호를 절망적인 표정으로 올려다보았다.

• '이… 이제는 어떻게 하지?'

야차도는 만호가 자신의 옆구리에서 뽑아 땅에 내버렸고, 이어서 화용군이 발길질에 채여서 날아갈 때 야차도의 천심강사가 풀린 채 뒤쪽 땅바닥에 떨어져 있다.

지금은 야차도를 회수하여 오른손에 쥐고 만호를 다시 찌른다고 해도 늦고 말 터이다.

화용군의 한껏 부릅뜬 동공 가득 만호가 단도를 내려찍는 모습이 새겨졌다.

'포기해선 안 돼!'

순간 화용군은 속으로 발악하듯 외치면서 야차도를 회수하려고 오른손을 힘껏 자신 쪽으로 낚아챘다.

쉬익!

만호의 단도가 화용군의 얼굴을 향해 곧장 그어 내렸다.

그걸 보면서 화용군의 얼굴에서 핏기가 싹 사라졌다. 그 순간 그는 명야객점에서 만보 형제에게 두들겨 맞고 창밖 강에 버려졌다가 강물 속에서 깨어나 느꼈던 차가운 절망감을 다시 맛보았다.

사룽…….

그때 환청인 것처럼 허공중에서 백자명령의 방울 소리가 낮게 울렸다.

팍!

"컥!"

그러고는 만호의 머리 쪽에서 둔탁한 음향이 나며 그가 목에 가시가 걸린 것 같은 소리를 냈다.

그리고 화용군은 보았다. 만호가 내리그은 단도가 자신의 얼굴 위 한 뼘 높이에 멈춰 있으며, 그 위쪽에 잔뜩 허리를 굽히고 있는 만호의 이마로 반짝이는 물체가 손가락 한마디쯤 튀어나와 있는 것을.

화용군이 급히 낚아챈 야차도가 쏜살같이 되돌아오면서 만호의 뒤통수를 꿰뚫고 이마로 불쑥 튀어나온 것이다.

운이 억세게 좋았지만 이 경황 중에도 화용군은 그것이 단순하게 운이라고만 생각하지 않았다.

야차도는 천심강사가 묶여 있으니까 회수할 때에도 무기로써의 역할을 할 수가 있다는 사실을 깨달았다.

야차도의 뾰족한 칼끝에서 핏방울이 똑똑 화용군의 얼굴로 떨어졌다.

"끄으으……."

그 순간 만호의 몸이 앞으로 고꾸라지려고 하자 화용군은 다급히 옆으로 몸을 굴렸다.

쿵!

만호는 얼굴을 땅에 처박으며 엎어졌다.

"헉헉헉……."

화용군은 가까스로 만호에게 깔리는 것을 면했다. 아니, 조금만 늦었으면 아래로 겨누고 있던 만호의 단도에 얼굴이 찍힐 뻔했었다.

그런데 조금 전 만호에게 걷어채인 복부가 끊어질 것처럼 아파서 움직이기가 어려웠다.

'서두르자.'

하지만 이곳은 대로 한복판이다. 아무리 한적하다고 해도 아무 때나 사람이 다닐 수 있으니까 느긋하게 누워 있을 겨를이 없다고 생각한 그는 왼손으로 복부를 감싸 안고 꿈틀거리면서 일어났다.

만호는 결정적으로 야차도에 뒤통수가 꿰뚫려서 그대로 즉사하고 말았다.

등허리 한복판이 찍힌 만보는 아직 죽지 않고 혼자서 저만치 필사적으로 기어가고 있는 중이다.

화용군은 만호의 뒤통수에서 야차도를 뽑으려 했으나 머리뼈 속에 얼마나 단단하게 꽂혔는지 두 손으로 잡아당기는데도 잘 뽑아지지 않았다.

그래서 그의 뒷목을 발로 차면서 그 반탄력으로 야차도를 뽑고는 만보에게 달려가서 등짝을 발로 찍어 밟았다.

콱!

"윽……."

그러고는 다짜고짜 야차도로 만보의 뒤통수와 뒷목을 세 차례 내려찍었다.

퍽퍽퍽!

"끄윽! 끅!"

복수가 어쩌고 내 돈을 훔쳐갔으니 죗값을 받아야 한다는 식의 말은 한마디도 하지 않았다. 말이 무슨 소용인가. 응징은 행동으로 보여줘야 한다는 것이 요즘 화용군이 깨달은 새로운 진리다.

만보 형제를 죽일 때는 추호의 거리낌이나 두려운 마음 따위가 생기지 않았다.

그저 당연히 해야 할 일을 하는 것 같은 기분이다. 돌이켜보니까 방 숙을 죽일 때도 그랬었다.

하지만 비도문 창고에서 유진을 구할 때의 사내는 달랐다.

조금 께름칙한 기분이었으나 죄책감 따위를 느꼈다는 것이
아니다.

그저 분노나 복수심이 없었다는 것뿐이다. 그 사내는 단지
재수가 없었을 뿐이다.

화용군은 엎어진 채 피투성이가 되어 죽은 만보의 몸을 끙
끙거리면서 똑바로 눕히고는 품속을 샅샅이 뒤졌다.

잠시 후 그는 만보 형제 둘의 품속에서 은자를 찾아냈다.
그런데 이백 냥이어야 하는데 백칠십 냥뿐이다. 그사이에 삼
십 냥이나 쓴 모양이다.

은자 삼십 냥이면 한 가족이 아무 일도 하지 않고 일 년 동
안 먹고 살 수 있는 거금인데, 그걸 하루 만에 쓰다니 한 번
죽는 것으로는 부족한 불한당들이다.

분이 덜 풀린 화용군은 그들의 몸뚱이에 침을 뱉어주고 그
자리를 서둘러 떠났다.

*   *   *

한 달 후 화용군이 산동성 제남에 도착할 즈음에는 얼추 겨
울이 끝나가고 있었다.

그렇지만 남쪽에서 북쪽으로 올라온 탓에 피부로 느껴지
는 추위는 남경의 한겨울이나 비슷했다.

그의 목적지인 제남은 그가 살던 항주나 한 달쯤 노숙 생활을 했던 남경에 비하면 절반 정도 규모이며 두 도읍처럼 번화하지도 않았다.

남경에서 제남까지는 천여 리 거리인데 오는 길에 강과 산이 워낙 많아서 강을 건너고 산을 빙 돌아오느라 예상보다 오래 걸렸다.

그는 제남까지 오면서도 돈을 별로 쓰지 않았다. 그래서 은자 이백육십 냥쯤이 남았다.

돈을 만보 형제와 방 숙에게 뺏기지 않았었다면 여비를 빼고 이백구십 냥쯤 남아야 했다.

그래서 백학무숙에 이백 냥을 수업료로 내고 나머지 구십 냥으로 오 년 동안 용돈을 쓰려는 계획이었는데 이제는 절반이 조금 넘는 육십 냥으로 오 년을 버텨야만 한다.

하지만 그는 걱정하지 않았다. 백학무숙에서 먹여주고 재워주기 때문에 돈 쓸 일이 거의 없을 것이라고 생각하기 때문이다.

백학무숙은 워낙 유명한 탓에 제남에서 모르는 사람이 거의 없기 때문에 화용군은 어렵지 않게 백학무숙을 찾아 한달음에 달려갔다.

그런데 그는 백학무숙에 찾아갔다가 전혀 예상하지 않았

던 충격적인 사실을 알게 되었다.

그가 고향인 항주에서 알고 온 백학무숙에 대한 정보가 틀렸다는 것이다.

사소한 것이 틀렸다면 그러려니 하겠는데 가장 중요한 부분이 그가 알고 있던 것하고는 크게 달랐다.

그는 백학무숙에 입숙(入塾)하는 데 드는 비용이 오 년에 은자 이백 냥으로 알고 있었는데 실제로는 오 년에 은자 오백 냥이라는 것이다. 달라도 조금 다른 것이 아니라 두 배가 훨씬 넘는 액수다.

은자 이백 냥 하던 시절이 있었다고는 하는데 그게 삼십 년 전이라는 얘기다.

누나와 화용군에게 백학무숙 얘기를 해주었던 사람은 누구에겐가 전해 들은 얘기였는데 케케묵은 오래전의 정보를 듣고 전해주었던 것이다.

화용군은 크게 낙담했다. 아니, 이건 절망할 일이다. 누나와 함께 몇 날 며칠 동안 머리를 맞대고 짰었던 계획 자체가 무산되어 버릴 지경에 처했다.

오 년에 은자 오백 냥이라면 일 년에 백 냥이다. 그래서 그는 궁여지책으로 은자 이백 냥을 낼 테니까 이 년 동안만 무술을 가르쳐 달라고 백학무숙에 부탁해 봤다.

그랬더니 돌아온 것은 차가운 거절이다. 그런 것은 백학무숙의 규칙에 없다는 것이다.

그러니까 백학무숙에 입숙하려면 더도 덜도 아닌 은자 오백 냥을 내고 돈이 없으면 꺼지라고 했다.

너 같은 것 없어도 백학무숙에 들어오려는 사람은 넘쳐난다는 것이다.

화용군이 보니까 실제 그랬다. 그가 백학무숙 사람에게 통사정을 하고 있는 동안에도 멀리에서 백학무숙에 입숙하려고 찾아온 사람이 대여섯 명이나 안으로 들어갔다. 백학무숙은 그 정도로 유명한 곳이다.

화용군은 남경을 출발하여 제남까지 오는 동안 나름대로 백학무숙에 대해서 이것저것 알아봤으나 정작 제일 중요한 수업료가 얼마인지는 간과해 버렸다.

당연히 은자 이백 냥이겠거니 하고 그 사실을 마음속으로 굳혀 버렸던 것이다.

그에게 백학무숙에 대해서 말해준 몇몇 사람은 하나같이 엄지손가락을 치켜세웠었다.

한마디로 돈을 내고 무술을 배우는 무도관(武道館) 중에서 절강성과 강소성, 산동성 세 개 성을 통틀어서 백학무숙이 최고라고 입을 모았다.

그런데 제남에 도착하고 나서야 화용군이 백학무숙에 입숙하는 일이 근간부터 뿌리째 뽑히고 말았다.

그는 몇 번 더 부탁하고 끈질기게 사정을 하다가 귀찮아하는 백학무숙 사람에게 결국 몇 대 얻어맞고서 쫓겨나고야 말았다.

결국 화용군은 백학무숙에 들어가는 것을 포기할 수밖에 없게 됐다.

지금 그가 지니고 있는 돈을 톡톡 털어도 백학무숙에 들어갈 수 있는 금액의 절반이 조금 넘는 정도다. 그 말은 절반 가까이 부족하다는 뜻이다. 그런 거액을 대관절 어디에서 구한다는 말인가.

그렇다고 해서 지금 남경 선아루로 되돌아간다고 해도 누나를 돌려받지는 못한다.

누나를 되찾으려면 은자 삼백 냥이 있어야 하는데 턱없이 부족할뿐더러 그 돈을 낸다고 해도 선아루에서 누나를 내어줄지도 의문이다.

더구나 다시 남경까지 돌아가는 동안 여비로 또다시 은자 몇 냥을 쓰게 될 것이다. 그러면 누나는 영영 구할 수 없게 된다.

설혹 누나를 구할 수 있다고 해도 누나는 절대로 웃는 얼굴로 동생을 맞이하지 않을 터이다.

누나가 자신의 몸을 팔아서까지 화용군을 백학무숙에 보

내려고 한 데에는 절박한 이유가 있기 때문이다.

멸문을 당하기 얼마 전부터 아버지는 몸을 담고 있는 문파에서 누군가의 모함을 당하고 있는 것 같다고 심각하게 자주 말했었다.

그로부터 며칠 후에 아버지는 한밤중에 장원으로 쳐들어온 문파의 형당(刑堂) 고수들에게 붙잡혀서 문파로 끌려갔다가 닷새 후에 처형을 당했었다.

아버지는 자신이 모함을 당한 것 같다는 사실을 깨달았을 때 화용군과 누나를 항주에서 오십여 리 떨어진 지역의 먼 친척 집으로 심부름을 보냈었다.

그런 일은 하인을 보내도 될 텐데 굳이 남매를 보내는 것이 이상했으나 아버지의 명령이라서 남매는 순순히 따를 수밖에 없었다.

그러나 나중에 화용군과 누나가 친척집에서 듣게 된 소식은 아버지가 문파에 끌려가서 처형을 당했다는 것과, 장원에 남아 있던 어머니와 조부모님, 외가 식구들도 모두 끌려가서 역시 처형을 당했다는 충격적인 사실이었다.

화용군과 누나 화수혜에겐 청천벽력과도 같은 일이다. 남매는 졸지에 천애고아가 되었다.

남매가 알고 있는 것은 아버지가 모함을 당했다는 막연한 사실뿐이었다.

남매를 맡고 있던 먼 친척은, 아버지가 몸담고 있던 문파가 남매를 찾으려고 혈안이 되었으며, 조만간 이곳에도 들이닥칠 테니까 어서 떠나라면서 남매의 등을 떠밀었다. 먼 친척은 남매 때문에 자신들에게 불똥이 튈 것을 더 염려했을 것이다.

남매는 아버지가 문파의 누군가에게 모함을 당한 것이 틀림없다고 믿었다. 그래서 아버지의 억울함을 풀어주고 부모님과 일가친척들의 무고한 죽음에 대해서 기필코 복수할 것을 다짐했다.

남매는 항주로 돌아갈 수 없기 때문에 북쪽을 향해서 정처 없이 떠돌이 생활을 했다.

그 와중에 어떤 사람에게 백학무숙에 대한 얘기를 처음 듣게 되었다.

그 사람 얘기로는, 백학무숙을 무사히 수료하면 쟁쟁한 무림고수가 되어 무림의 수많은 방파와 문파의 초청을 받게 될 것이고, 또한 많은 사람이 두려워하고 또 존경하는 존재가 된다는 것이었다.

그렇지만 남매의 희망은 오로지 하나였다. 화용군이 백학무숙을 수료하여 쟁쟁한 무림고수가 된 후에 아버지의 누명을 벗기고 억울하게 죽은 부모님과 일가친척의 복수를 하는 것이다.

그런데 누나가 자신을 기루에 팔아서까지 이루려고 했던

백학무숙으로의 입숙이 무산되고 말았다.

화용군은 어떻게 해야 좋을지 갈피를 잡지 못하고 한참 동안이나 땅바닥에 주저앉아 있었다.

사람이 죽으라는 법은 없다.

백학무숙에 들어가지는 못하지만 그걸 대신할 수 있는 방법을 찾아냈다.

절망에 빠졌던 화용군은 오래지 않아서 새롭고도 놀라운 사실 하나를 알게 되었다.

무술을 배울 수 있는 곳이 제남에 백학무숙 한 군데만 있는 게 아니라는 사실이다.

백학무숙은 제남 내성(內城) 북쪽에 위치한 대명호(大明湖)라는 인근에서 가장 큰 호숫가 남쪽에 자리를 잡고 있다.

그런데 알고 보니까 그 호수 둘레에는 백학무숙처럼 돈을 받고 장기간 무술을 가르쳐 주는 무도관이 무려 삼십여 개나 성업 중이라는 것이다.

그 삼십여 곳의 무도관 중에서 제일 유명한 곳은 당연히 백학무숙이 틀림없다고 다들 입을 모았다. 그렇기 때문에 백학무숙이 대명호 근처의 무도관 중에서 수업료가 가장 비싸다는 데에는 이견이 없었다.

중요한 것은 백학무숙 한 군데를 제외한 거의 모든 무도관의 수업료가 백학무숙보다 싸다는 사실이다.

그래서 화용군은 다시 기운을 내서 일어나 자신이 지니고 있는 돈으로 들어갈 수 있는 적당한 무도관을 찾아 나서기로 했다.

제남에 온 지 채 하루도 지나지 않았는데 화용군은 이미 희망과 절망 사이를 여러 차례 오고갔다. 열두 살 어린 소년으로서는 견디기 어려운 상황이었다.

그는 지금 다시 절망에 빠져 있다. 일일이 발품을 팔아서 돌아다녀 본 결과, 백학무숙 같은 곳이 정확하게 서른세 군데나 되는데, 은자 이백육십 냥으로 들어갈 수 있는 곳이 한 군데도 없다는 사실 때문이다.

백학무숙을 제외한 서른두 군데의 무도관은 분명히 수업료가 백학무숙보다는 쌌다.

백학무숙이 가장 유명하고 규모도 크며 잘 가르치고 그곳을 수료하면 별다른 일이 없는 한 일류고수가 된다는 사실 때문에 수업료가 제일 비싸다.

하지만 다른 서른두 군데의 무도관도 수업료가 비싸기는 매한가지였다.

대부분 은자 사백 냥 이상 수준이고, 그나마 가장 싼 곳이 오 년에 은자 삼백오십 냥과 삼백 냥, 그 아래는 한 군데도 없었다.

그러므로 은자 이백육십 냥을 갖고 있는 화용군이 들어갈 수 있는 무도관은 한 군데도 없다는 결론이다.

화용군은 자신에게 잠시 동안 찾아왔던 희망이 또다시 물거품처럼 사라져 버렸다는 사실이 믿어지지 않았다. 하루 만에 생과 사를 여러 차례 오고가는 기분이다. 그리고 지금은 다시 절망에 빠져 버렸다.

그는 대명호 북쪽 호숫가에 주저앉아서 한참이나 하염없이 호수를 바라보았다.

그는 제남을 떠나기로 마음먹었다. 무술을 배울 수 없다면 이곳에 더 이상 머물 이유가 없다.

그렇다고 무술 배우는 것을 포기한 것은 아니다. 그걸 포기하는 것은 모함을 썼다고 믿는 아버지의 누명을 벗기고 복수하는 일을 포기하는 것이나 마찬가지이므로 절대 포기할 수가 없다.

그런데 그때 힘없이 앉아 있는 화용군의 뒤쪽 멀지 않은 곳에서 두 사람의 대화가 들려왔다.

"그게 정말이야? 구주무관(九州武館)이라는 곳의 검술이 그토록 고명하다는 말이야?"

"그렇다니까? 소문이 나지 않아서 그렇지 구주무관의 검술이 제남에서 제일 강하다는 사실을 알 만한 사람은 다 안다는 거야."

"그래? 그런데 도대체 수업료는 얼마야? 우리처럼 돈 없는 사람들에겐 그게 가장 중요하잖아."

"수업료도 아주 싸다더군. 오 년에 은자 이백 냥이래."

"이백 냥? 정말 싸군그래. 그렇다면 우리도 구주무관에 가보자구."

"그래, 어서 가보자."

화용군은 깜짝 놀라서 벌떡 일어나 뒤돌아보았다. 뒤쪽은 우거진 송림인데 저만치 송림 안에서 두 사람이 호수의 동쪽을 향해 뛰어가고 있었다. 그들이 방금 전에 대화를 나눈 사람들 같았다.

"여보시오! 잠깐 말 좀 묻겠습니다!"

화용군은 다급히 외치면서 송림 안으로 달려 들어갔다. 그러나 송림에 들어갔을 때에는 달려가고 있는 두 사람의 모습이 멀리에서 가물거리고 있었다.

그가 앉아 있던 곳에서 송림 안까지 달려서 들어오는데 세 호흡 남짓 걸렸을 뿐인데 두 사람은 오십여 장이나 달려가다니 대단한 달리기다.

화용군은 시야에서 사라지고 있는 두 사람을 응시하며 방금 들은 대화 내용을 반추하다가 나직이 중얼거렸다.

"구주무관이 은자 이백 냥이라고? 그런 곳이 있다는 걸 왜 몰랐었지?"

그는 백학무숙을 비롯하여 서른세 군데 무도관을 모두 찾아가 봤었다. 그러나 아무리 기억을 더듬어 봐도 구주무관이라는 곳은 들은 적이 없었다.

그의 기억이 잘못될 리가 없다. 하루 종일 발품을 팔아서 돌아다녔지만 구주무관이라는 곳은 보질 못했었다.

그러나 방금 두 사람이 헛소리를 지껄였을 리가 없고 화용군이 꿈을 꿨을 리도 없다. 그들의 말이 사실이라면 구주무관이 마지막 희망이다.

그래서 그는 밑져 봐야 본전이라는 생각으로 구주무관에 찾아가 보기로 마음먹고 두 사람이 간 방향으로 뛰어가기 시작했다.

제7장

구주무관(九州武館)

화용군은 대명호를 세 바퀴나 돌고 나서 해가 호수의 서쪽으로 많이 기울었을 즈음에야 간신히 구주무관이라는 곳을 찾아냈다.

　서른세 곳 대부분의 무도관은 호숫가에 있거나 아무리 멀어도 호수에서 백여 장 이내에 위치해 있었다.

　마치 대명호를 벗어나면 안 되는 것처럼 호수 주위에 밀집해 있었다.

　그런데 화용군이 천신만고 끝에 찾아낸 구주무관이란 곳은 호숫가에서 무려 십여 리나 멀리 떨어져 있었다.

아니, 꼭 그렇다고 할 수만은 없는 애매한 위치에 자리를 잡고 있었다.

더구나 구주무관은 그가 자력(自力)으로 찾아낸 것이 아니다. 찾다가 못 찾아서 거의 포기하려고 할 때 멀지 않은 곳에서 두런두런하는 누군가의 말소리가 들렸다.

귀를 기울여 보니까 아까 구주무관이 어쩌고 하던 그들 두 사람의 목소리가 분명했다.

그런데 두 사람의 목소리가 들려온 곳이 뜻밖에도 근처에 있는 높은 절벽 꼭대기였다.

절벽 아래는 곧장 호수고 호수에서 절벽 꼭대기까지는 줄잡아서 오십여 장 높이는 될 듯 까마득했다.

더구나 절벽이 깎아지른 듯하고 거울처럼 매끄러워서 절벽으로 오르는 것은 불가능할 것 같았다.

두 사람은 절벽 가장자리에 서서 대화를 하는데 너무 멀어서 무슨 말인지 알아들을 수가 없고 간간히 흘러나오는 ‘구주무관’이라는 말만은 또렷하게 들렸다.

그들은 마치 화용군에게 구주무관으로 이르는 길을 가르쳐 주는 길잡이 같았다.

화용군은 절벽 위의 두 사람에게 구주무관이 어디에 있느냐고 소리쳐서 물었다.

그랬더니 그들은 아래를 내려다보고는 말없이 절벽 뒤쪽

을 가리켰다. 즉, 절벽 뒤로 가보면 안다는 뜻이다.

화용군은 절벽 뒤로 계속 걸어 들어가서 사 리쯤 갔을 때 절벽 위로 올라갈 수 있는 오솔길을 찾았으며, 때로는 완만한 언덕길이고 때로는 가파른 산비탈을 다시 육 리 이상이나 더 올라서야 호숫가에서 올려다봤던 절벽 꼭대기에 도달할 수 있었다.

호숫가에서 절벽 꼭대기까지는 직선거리로 불과 백여 장이 채 되지 않지만 정작 그곳으로 가자면 십 리를 돌아서 올라가야만 했다.

그리고 마침내 그곳에 그가 그토록 찾아 헤맸던 구주무관이 있었다.

그곳은 그가 최초에 두 사람의 대화를 들었던 곳에서 그리 멀지 않은 거리였다.

그런 것을 대명호를 세 바퀴나 뱅뱅 돌고서도 찾지 못했다. 구주무관이 이런 절벽 꼭대기에 위치해 있으니 쉽게 찾지 못한 것은 당연했다.

절벽 끝에서 평평한 풀밭 이십여 장 건너에 한 채의 장원이 아담하게 자리를 잡고 있었다.

장원은 일단 담이 없었으며 정면과 좌우가 툭 터졌고 뒤쪽에 대나무 숲이 우거졌다.

그런데 장원이라고 하기에는 규모가 너무 작고 초라했으

며 우중충했다.

전각이라고 할 것까지도 없는 허름한 건물은 달랑 두 채였
으며 마당에는 잡초가 무성했다. 그것만 봐도 오랫동안 돌보
지 않은 장원이 틀림없다. 사람이 살고 있을지도 의심스러울
정도였다.

잡초가 무성한 마당 안쪽 첫 번째 낡은 전각 입구 위의 현
판에 '九州武館'이라는 희미한 글이 적혀 있는 걸로 봐서는
이곳이 구주무관이 분명했다.

그렇지만 모든 정황으로 미루어 봤을 때 현재는 운영하지
않는 무도관 같았다.

화용군의 얼굴에 실망의 표정이 가득 떠올랐다. 아까 두 사
람의 대화를 듣기로는 구주무관의 검술이 제남에서 최강이라
고 했었는데, 이곳의 꼬락서니를 봐서는 전혀 그럴 것 같지
않았다. 최강은커녕 최약체라고 해야 옳을 듯했다.

그는 주위를 두리번거렸으나 두 사람의 모습은 어디에서
도 보이지 않았다.

아까까지는 절벽 위에 있었는데 십 리를 돌아서 올라오는
동안에 사라져 버렸다.

화용군의 짐작으로는 그들 두 사람은 구주무관에 들어가
려는 것 같았다.

그러므로 어디에 갔을 리가 없다는 생각에 일단 그들을 찾

아보기로 했다.

그런데 구주무관이라는 곳이 지나칠 정도로 조용했다. 조용하다 못해서 괴괴한 적막마저 흘렀다.

무도관이라면 많은 생도(生徒)가 북적이면서 생활을 할 텐데 이토록 조용하다는 것이 이상했다. 생도들이 아니라 귀신들이 사는 것 같았다.

화용군은 천천히 전각을 향해서 걸어가며 조심스럽게 주위를 두리번거렸다.

차창— 창창창—

"이얍!"

"요옷!"

그런데 그때 느닷없이 멀지 않은 곳에서 무기끼리 부딪치는 소리와 우렁찬 기합 소리가 터져서 화용군은 깜짝 놀라서 걸음을 멈추었다.

차차차차창—

"끼야앗!"

"흐아압!"

소리가 더욱 요란해졌으며 어느새 화용군은 소리가 들려온 곳을 향해서 홀린 듯이 뛰기 시작했다.

"아……."

첫 번째 전각 뒤로 돌아간 화용군은 눈앞에 펼쳐진 광경에 너무 놀라서 자신의 눈을 의심하며 그 자리에 멈춰 서고 말았다.

그곳은 꽤 넓은 마당인데 지금 그곳에서 두 명의 청년이 각자 검을 쥐고 치열하게 싸우고 있었다.

차차차창! 카카캉!

두 사람은 붙었다가 떨어지기를 반복하면서 서로를 맹렬하게 공격하는데, 검이 부딪칠 때마다 새빨갛고 새파란 불꽃이 마구 튀었다.

화용군은 누군가 진검으로 싸우는 광경을 처음 보는 것이기에 보는 순간 정신이 온통 달아날 정도로 놀랐으며 또 매료되고 말았다.

아버지가 무인이지만 그가 무술을 연마하는 모습조차도 본 적이 없었다.

그와 누나는 아버지의 명령으로 장원 안에서 밤낮으로 글공부만 했기 때문에 다른 무인들이 연습을 하거나 싸우는 광경도 보지 못했었다.

말하자면 지금 화용군의 눈앞에서 벌어지고 있는 광경이 그가 세상에 태어나서 처음으로 보게 된 싸움, 아니, 진짜 검으로 겨루는 진검승부다.

'맙소사… 날고 있어…….'

화용군의 두 눈이 두 배 이상 커졌다. 사람이 하늘을 나는 광경을 생전 처음 봤기 때문이다.

지금 그의 삼 장 앞에서 싸우고 있는 두 사람은 둘 다 남자에 십 대 후반과 이십 대 초반의 나이로 보였다.

한 명은 십팔구 세 정도 나이이며, 엄청난 거구에 가무잡잡한 얼굴을 지녔다.

그리고 나이답지 않게 수염이 덥수룩해서 한 마리 흑곰을 연상케 하는 외모다.

다른 한 명은 대나무처럼 호리호리하고 키가 크며 깡마른 체구에 갸름한 얼굴로 힘도 제대로 쓰지 못할 것 같은 남자였다.

화용군은 두 사람 모두에게 놀라고 있는 중이다. 화용군보다 최소한 네 배 이상 크고 무거울 것 같은 흑곰 같은 사내가 지상에서 무려 일곱 여덟 자 높이 허공을 아무렇지도 않게 훌훌 날아다니고 있기 때문이다.

바로 그때 흑곰이 훌쩍 허공으로 일 장이나 솟구쳤다가 온몸을 던지듯이 깡마른 청년을 향해 내리꽂히면서 맹렬하게 검을 휘둘렀다.

카차차창!

그뿐이 아니다. 이십이삼 세 정도로 보이는 깡마른 청년은 자신보다 세 배 이상 거구인 흑곰이 허공에서 하강하면서 강

력하게 휘두른 공격을 꼿꼿하게 선 채 맞받아쳤으며, 이후에
도 십여 차례나 검을 부딪치는데도 결코 뒤로 밀리지 않았다.

아니, 두 사람이 서로 검을 맞대고 밀어붙일 때에는 오히려
흑곰이 뒤로 주춤거리면서 물러서기도 했다.

그것은 마치 작은 여우가 거대한 곰을 밀어붙이는 것 같은
광경이었다.

'굉장하다……'

화용군은 이 순간만큼은 자신이 이곳에 무엇 때문에 왔는
지도 망각한 채 숨도 쉬지 않고 싸움을 구경했다.

카차차차창!

"이야앗!"

"흐아압!"

화용군이 보기에 두 사람은 원수지간인 것처럼 죽기 살기
로 싸웠다.

검술에 대해서는 문외한인 화용군이 보기에 두 사람이 전
개하는 검술은 비슷한 것 같았다.

그런데 하나같이 상대의 급소만을 노리며 베고 찔렀으며,
동작들이 너무도 매끄럽고 시원했다.

동작은 화려하지 않았으나 무척 빠르고 경쾌했으며 검이
번뜩이는 순간 어느새 상대의 급소를 파고들었다.

그들의 검이 얼마나 빠른지 화용군의 눈에는 제대로 보이

지도 않았다.

그런데 그때 화용군의 눈을 의심하게 만드는 경악할 만한 광경이 눈앞에서 펼쳐졌다.

차차차차창!

"오오옷!"

"야야얍!"

흑곰과 깡마른 청년이 마주 보는 자세에서 서로에게 소나기 같은 공격을 퍼부으면서 서서히 허공으로 떠오르고 있는 것이 아닌가.

"아아……."

화용군이 입을 크게 벌리고 찬탄을 금치 못하고 있을 때 흑곰과 깡마른 청년은 지상에서 석 자 높이 허공에서 정지한 상태로 치열하게 검술을 교환하고 있었다.

석 자라고 해봐야 키 작은 화용군의 허리 높이지만 사람이 허공에 뜬 상태에서 싸우고 있다는 사실이 너무도 충격적이었다.

그러나 사실 두 사람이 보여주고 있는 수법은 검술에서 그다지 높은 경지라고는 할 수가 없다.

예를 들어 검술의 경지가 도합 십 단계라고 한다면 지금 이들이 보여주는 광경은 아래에서 삼 단계 정도의 수준이라고 할 수 있다.

한 가지 중요한 사실은, 혼자서는 절대로 지금처럼 서서히 떠오르지도, 허공에 정지한 채 싸우지도 못한다.

그러는 동작은 소림사나 무당파를 비롯한 구파일방의 장문인이나 장로 정도의 심후한 공력을 지닌 굉장한 절정고수들만이 전개할 수 있다.

이를테면 전설적인 답설무흔(踏雪無痕)이나 허공답보(虛空踏步)의 상승 신법을 전개해서 말이다.

지금 두 사람이 보여주고 있는 수법의 이치는 의외로 단순한 것이다.

싸우고 있는 검을 통해서 내력(內力)을 쏟아내어 상대의 검에 부딪쳐서 돌아오는 반탄력을 이용하여 위로 상승하는 이치다.

말하자면 두 손과 두 발을 이용하여 벽을 붙잡고 또 밀면서 오르는 것이나 비슷하다.

서로가 서로를 붙잡아주는 형상이니까 위로 오르는 것은 그다지 어렵지 않다는 것이다.

그렇지만 화용군이 보기에는 흑곰과 깡마른 청년의 모습이 신선이나 다름이 없었다.

"으앗!"

쿵!

그때 흑곰이 비명을 지르면서 땅으로 굴러떨어졌다.

척!

뜻밖에도 깡마른 청년의 승리다. 화용군이 봤을 때는 놀랍기 그지없다.

그것은 화용군처럼 작은 체구의 어린 사람도 큰 체구의 어른을 거꾸러뜨릴 수 있다는 뜻이다.

쿵!

깡마른 청년은 지상에 묵직하게 두 발을 디디며 내려서 비 오듯이 땀을 흘리고 숨이 가빠 헐떡거리면서도 득의한 미소를 지었다.

"흘흘흘… 내 승리다, 무곤(武坤)."

깡마른 청년의 웃음소리는 좀 이상했다. 숨을 들이켜면서 끅끅거리며 웃는 것 같았다.

땅에 주저앉아 있던 흑곰 무곤은 깡마른 청년이 내민 손을 잡고 일어나며 궁둥이를 털었다.

"어휴… 비효(飛梟) 형님에게는 못 당하겠습니다."

"무곤 네 실력도 나날이 발전하는구나. 내가 더욱 분발하지 않으면 조만간 너에게 큰코다치겠어."

"어이구, 무슨 그런 당연한 말씀을 하십니까?"

"뭐야?"

"하하하하!"

"흘흘흘흘!"

한바탕 비검(比劍)으로 마음이 후련해진 두 사람은 어깨의 검실(劍室)에 검을 꽂으면서 호탕하게 웃었다.

그들은 싸움에 심취한 나머지 자신들이 어떤 시골에서 온 듯한 어린 소년을 구주무관에 끌어들이기 위해서 연극을 하고 있는 중이었다는 사실마저도 잊어버리고 상체를 젖히며 호탕하게 웃었다.

그렇지만 다행히 화용군은 두 사람이 의도했던 대로 그들의 대결에 완전히 압도당했다. 화용군은 또 다른 새로운 신세계를 본 듯했다.

그러고 나서 화용군은 두 사람의 대화를 듣고 그들이 원수지간이 아니라 친한 사이며 방금 전에 보여준 광경은 단지 연습이었다는 사실에 경탄을 금치 못했다.

연습인데도 어떻게 원수지간인 것처럼 그렇게 실감나게 대결할 수 있는지 혀가 내둘러졌다.

그렇다면 진짜 원수하고 싸울 경우에는 실로 엄청나겠다는 생각이 들었다.

화용군은 만약 저 두 사람이 구주무관 사람이라면 꼭 이곳에서 무술을 배우고 싶다는 마음이 생겼다.

그는 이끌리듯이 두 사람에게 다가갔다.

"저어……."

비효와 무곤은 깜짝 놀랐다. 두 사람은 비검 대결에 너무

심취했던 나머지 화용군의 목소리를 듣고서야 지금이 어떤 상황인지 깨달았다.

"아⋯⋯."

무곤, 즉 진무곤(秦武坤)이 깜짝 놀라며 화용군을 쳐다보았고, 도비효(途飛梟)는 즉시 상황 파악을 하고 화용군에게 다가오며 짐짓 점잖게 말을 걸었다.

"소형제, 무슨 일인가?"

도비효의 말을 듣는 순간 화용군은 자신이 아까 들었던 두 사람의 목소리 중 하나라는 사실을 깨달았다.

화용군은 단 한 번 언뜻 스치듯 본 것과 들은 것마저도 절대로 잊지 않는 뛰어난 기억력과 분별력, 즉 오성(悟性)을 지니고 있다.

그래서 그는 이들 두 사람이 자신을 이곳까지 인도한 장본인이라고 확신했다.

화용군은 나이에 비해서 키가 작고 연약하지만 두뇌는 타의 추종을 불허할 만큼 비상하다.

그는 도비효의 물음에 침묵을 지키면서 잠시 생각해 보고는 이들 두 사람이 자신을 이곳으로 의도적으로 이끌었을 것이라는 결론을 내렸다.

도비효와 진무곤은 화용군 앞에 나란히 서서 그를 응시하며 자못 긴장된 표정을 짓고 있다.

그들은 아주 짧은 시간이지만 이 어린 소년의 흑백이 또렷한 눈을 보고는 왠지 자신들의 의도가 간파당했을지도 모른다는 불안감이 엄습했다.

화용군은 호흡을 고르고 마음을 가라앉힌 후에 차분한 목소리로 입을 열었다.

"두 분은 이곳의 생도입니까?"

화용군의 말에 도비효와 진무곤은 역시 자신들의 의도가 간파당했다는 사실을 깨달았다.

"여보게, 자네가 뭘 잘못 본 것 같네."

그렇지만 일단 도비효는 부인을 했다. 시인을 하면 일이 틀어져 버릴 것이라고 판단했기 때문이다.

"그런가요?"

"아니, 소형제가 제대로 봤네."

화용군이 미심쩍은 표정으로 고개를 모로 꼬자 진무곤이 불에 덴 것처럼 화들짝 놀라면서 즉각 시인했다.

"무곤."

"비효 형님, 이 소형제는 매우 영특한 것 같습니다. 그러니까 차라리 사실대로 말하는 게 좋을 것 같습니다."

"음. 자네가 알아서 하게."

도비효는 못마땅한 듯 앓는 소리를 내더니 마당 뒤쪽에 있는 두 번째 건물로 걸어가면서 비 맞은 중처럼 중얼거리며 발끝으로 땅을 찼다.

"제길… 뭐 되는 일이 없군."

화용군은 이곳 구주무관이 생도들도 없으며 매우 이상한 곳이지만 뭔가 사연이 있는 곳이라는 생각이 들었다.

그래서 그의 첫 번째 느낌은 그냥 이대로 돌아서고 싶다는 것이었다.

뭔가 찜찜하기 때문이다. 하지만 그렇게 하면 제남에서 무술을 배울 수 있는 무도관을 한 군데도 찾지 못해서 결국 제남을 떠날 수밖에 없다.

그렇다고 해서 제대로 된 무도관도 아닌 형편없는 곳에서 허송세월을 보내고 싶지는 않다. 그러는 것은 차라리 제남을 떠나는 것만도 못한 일이다.

어쨌든 이미 날도 어두워지고 있으며 촌각을 다투어 가볼 곳도 없으므로 이곳 구주무관이 어떤 곳인지 알아보는 것도 나쁘지 않다는 생각이다.

진무곤은 키가 자신의 허리까지밖에 차지 않는 화용군을 진지한 표정으로 굽어보았다.

"소형제, 자네 무술을 배울 무도관을 찾고 있나?"

"그걸 어떻게 알았습니까?"

진무곤은 덩치와는 달리 멋쩍은 표정을 지으며 뒤통수를 소리 나게 벅벅 긁었다.

"자네가 대명제관(大明諸館)들을 돌아다니는 것을 봤네."

총명한 화용군은 '대명'이 대명호를, 그리고 '제관'이 대명호 둘레 서른세 곳 무도관을 가리키는 것이어서 '대명제관'이라고 줄여서 부른다는 것으로 알아들었다.

"얼마나 나를 지켜봤습니까?"

화용군의 물음에 진무곤은 얼굴까지 붉혔다. 날이 어둑어둑해지고 있는데도 똑똑하게 보일 정도다. 의외로 그는 매우 순진무구한 사람인 것 같았다.

"거의 다."

"흠. 그럼 낙담하고 있는 내 뒤에서 두 분이 연기를 한 것이었군요?"

"그… 렇네."

진무곤은 쥐구멍이라도 있으면 들어가고 싶은 표정이고 몸짓을 했다.

화용군은 이미 어두워진 주위를 둘러보면서 조용히 말했다.

"이곳 구주무관은 대명호를 몇 바퀴나 돌아도 발견할 수 없으니까 두 분께서는 내게 구주무관이라는 곳도 있다는 사실을 알려주려는 것이었군요?"

"그… 렇네."

뭔가 사연이 있는 긍정인 것 같아서 화용군은 이 두 사람의 의중에 다른 뜻도 포함되었다는 사실을 간파했다.

"나를 이곳으로 이끈 의도가 있습니까?"

"음… 있네."

화용군이 말해보라는 듯 가만히 서 있자 진무곤은 주먹을 입에 대고 헛기침을 했다.

"큼!"

어색함을 스스로 이겨보려는 듯한 몸짓 같았다.

"자네가 무도관을 찾는 이유가 무술을 배우기 위해서인가?"

"그렇습니다."

"무슨 무술을 배우려는 것인가?"

"칼 쓰는 법입니다."

진무곤의 얼굴에 실망의 기색이 역력하게 떠올랐다.

"도법인가?"

그런데 뜻밖에도 화용군은 고개를 가로저었다.

"아니, 칼 쓰는 법입니다."

"칼에는 여러 종류가 있네. 무림에서는 도(刀)와 검(劍)이 대표적인 칼이지. 그리고 도와 검의 종류도 각각 수십 개나 된다네."

화용군은 야차도를 염두에 두고 있다. 할 수만 있으면 야차 도를 자신의 무기로 삼고 싶은 것이다.

"이곳에서는 무얼 가르칩니까?"

진무곤은 이번 물음에는 대답을 잘해야 할 것 같은 기분이 들었다.

하지만 그는 성격이 올곧아서 거짓말을 하지는 못한다. 아무리 대답을 잘한다고 해도 솔직하게 대답하는 것 말고는 말할 게 없다.

"도검을 가르치네."

"도검을… 말입니까?"

화용군은 진무곤 어깨의 검을 쳐다보았다.

"그 검은… 그리고 아까 검술 시합은……."

진무곤은 어깨의 검을 툭 건드리며 웃었다.

"사부님의 가르침을 검으로 응용한 걸세."

"응용?"

"사부님의 가르침은 크게 두 가지일세. 베기와 찌르기지. 베기는 도술(刀術)이고 찌르기는 검술(劍術)이지."

"아……."

화용군이 나직이 감탄하는 것을 보고 진무곤이 조금 용기를 내서 말했다.

"안에 들어가서 나머지 얘기를 하면 어떨까?"

구주무관의 전각은 달랑 두 채다. 그것도 앞쪽의 이 층 전각은 텅 비어 있으며 뒤쪽 이 층 전각에서 구주무관 사람들이 생활을 하고 있었다.

이 층에는 꽤 많은 방과 주방, 접객실, 연습실 등이 있으며 진무곤과 도비효의 방은 이 층에 있었다.

그리고 아래층에는 넓은 대전과 연습실, 그리고 양쪽으로 주방과 몇 개의 방이 있다.

진무곤이 화용군을 전각으로 데리고 들어오는 소리를 듣고 두 사람이 모습을 나타냈다.

한 사람은 아까 봤던 도비효이고 또 한 사람은 열 살 남짓한 어린 소녀다.

두 사람 다 진무곤 뒤에 쭈뼛거리면서 따라 들어오고 있는 화용군을 보면서 놀라는 표정이다.

자신들이 술수를 부렸다는 사실을 알게 된 화용군이 떠났을 것이라고 짐작했던 도비효는 놀라서 어리둥절했다.

그리고 어린 소녀는 더욱 놀란 표정으로 원래 큰 눈을 더욱 크게 뜨고 화용군에게서 시선을 떼지 못했다.

화용군은 아래층 접객실로 안내되었으며 진무곤과 도비효, 그리고 어린 소녀도 함께 들어왔다.

"소저께서 말씀하십시오."

진무곤을 화용군에게 자리에 앉기를 권한 다음에 어린 소녀에게 공손하게 권했다.

"무곤!"

도비효는 깜짝 놀라 그래서는 안 된다고 화용군이 보지 못하도록 손짓과 표정을 해 보였다. 어린 소녀는 성품이 강직해서 자칫 일을 망칠지도 모르기 때문이다.

진무곤은 씁쓸한 표정으로 말했다.

"소형제는 우리가 자신을 이곳으로 유인했다는 사실을 알고 있습니다."

"유인이라뇨?"

그때 어린 소녀가 깜짝 놀라서 말했다. 목소리가 너무 맑고 청아해서 깊은 산속 옹달샘에 이슬 한 방울이 퐁! 하고 떨어지는 소리 같았다.

나란히 선 진무곤과 도비효는 붉어진 얼굴을 숙이면서 아무 말도 하지 못했다.

"아무리 옹색한 처지라고 해도 정당한 방법으로 생도를 모집하지 않으면 안 돼요."

그녀는 그토록 청아한 목소리로 조용하고도 온순하게 말했다. 하지만 말의 내용은 준엄한 꾸짖음이다.

"잘못했습니다."

"그게 아닙니다, 소저."

진무곤은 무조건 잘못했다고 빌었으며 도비효는 억울하다

는 듯 변명하려고 했다.

어린 소녀는 앉아 있는 화용군에게 살포시 고개를 숙이며 사과를 했다.

"사형들께서 실수를 하신 모양이에요. 소녀가 대신 사과드리겠어요. 이제 그만 돌아가셔도 되요."

그녀는 화용군이 진무곤과 도비효에게 억지로 끌려왔다고 생각한 모양이다.

그러나 화용군은 일어서지 않고 소녀를 바라보며 차분하게 말했다.

"내게도 말할 기회를 주지 않겠소?"

"아……."

소녀는 깜짝 놀랐다. 그녀뿐만 아니라 진무곤과 도비효도 화용군이 그렇게 말할 줄 몰랐기 때문에 놀라서 그를 쳐다보았다.

화용군은 자신의 처지에 대해서 간단하게 설명했다.

그렇다고 해서 시시콜콜한 신세 내력이 아니라 백학무숙에 입숙하려고, 왔다가 돈이 모자라서 다른 곳을 찾고 있다는 얘기를 했다.

"구주무관이 내가 원하는 무술을 가르쳐 줄 수 있는 곳이라면 이곳에 입관하고 싶소."

그렇게 화용군은 말을 맺었다. 그는 상대가 비록 자신보다 두어 살 어려 보이지만 함부로 대하지 않고 언행에 조심을 기했다.

진무곤과 도비효가 소녀에게 깍듯하기 때문이 아니라 그는 원래 예의를 존중하는 사람이다.

진무곤과 도비효는 기대 어린 표정으로 소녀를 쳐다보았다. 마치 그녀의 말에 따라서 화용군이 구주무관에 들어오느냐 마느냐가 결정되는 듯한 분위기다.

지금까지 서 있던 소녀는 비로소 화용군 맞은편에 앉았다. 말뿐만이 아니라 행동거지 하나도 나무랄 데 없이 깔끔하고 반듯했다.

"사실대로 말씀드리겠어요."

소녀는 옷깃을 여미고 허리를 곧게 편 후 똑바로 화용군을 주시하며 입을 열었다.

"사형들의 말씀은 거짓이 아니에요. 우리 구주무관의 무술은 대명제관 중에서 단연 최고 수준이에요."

그녀의 말에 진무곤과 도비효는 어떠냐는 듯 가슴을 펴며 의기양양한 표정을 지었다.

"그러나 소공자께서 보시다시피 현재의 구주무관은 이렇게 쇠락했어요."

화용군은 대명제관 중에서 최고의 무술을 보유했다는 구

주무관이 어째서 이런 꼴이 되었는지 그 사연이 매우 궁금했다.

"그 사연을 일일이 말씀드리지 못하는 것을 양해하세요."

그러나 소녀는 거기에 대해서는 말하지 않았다.

화용군은 그녀가 함구하는 것이 옳다고 생각했다. 아직은 외인인 화용군에게까지 구주무관의 사사로운 내력을 발설하는 것은 지나친 오지랖이다.

소녀는 단호한 표정을 지었다.

"만약 소공자에게 그럴 만한 능력이 있으시다면, 구주무관은 오 년 후에 소공자를 일류고수로 만들어 드릴 수 있어요. 그것만은 자신해요."

화용군은 소녀의 말이 사실이라면 더 이상 들을 필요가 없다고 생각했다.

"그것만 분명하면 되오."

"분명해요."

화용군의 두 눈은 의지로 불타올랐다.

"내게 재능이 있는지는 모르겠소. 하지만 각오와 열정은 누구에게도 못지않소."

소녀는 보일 듯 말 듯 미소 지었다.

"그거면 충분해요."

"수업료로 얼마를 내면 되겠소?"

수업료 얘기까지 나오자 진무곤과 도비효는 크게 흥분한 표정으로 소녀를 쳐다보았다.

이제 소녀가 말만 하면 구주무관에 오랜만에 큰돈이 들어오는 것이다.

"입관을 결심했나요?"

그런데도 소녀는 화용군의 결심을 확인했다.

"그대가 한 말에 거짓이 없다면 내 결심은 확고하오."

소녀는 차분하게 고개를 끄떡였다.

"소녀의 말에는 한 치의 거짓도 없어요."

"그럼 됐소."

일이 일사천리로 진행되자 화용군은 아예 이 자리에서 다 처리하고 싶었다.

"소공자께서 주시는 대로 받겠어요."

"에?"

화용군은 처음으로 흐트러진 표정을 보였다. 그가 쳐다보자 진무곤은 빙그레 미소를 짓고, 도비효는 답답하다는 표정을, 그리고 소녀는 여전히 보일 듯 말 듯한 미소를 지으며 화용군을 응시하고 있었다.

탁!

화용군은 큼직한 돈주머니를 꺼내 탁자에 내려놓았다. 돈주머니 안에는 은자 이백 냥이 들었다. 그는 백학무숙에 들어가는 데 은자 이백 냥이면 될 줄 알았기에 은자 사십 냥을 자신의 용돈으로 따로 챙겨두었다.

"은자 이백 냥이오. 이것으로 부족하오?"

탁자에 놓인 묵직해 보이는 돈주머니를 쳐다보는 진무곤과 도비효의 얼굴에 환한 표정이 떠올랐다. 하지만 소녀의 표정은 변함이 없었다.

"감사히 받겠어요."

슥—

소녀는 돈주머니를 두 손으로 들어 자신의 연약해 보이는 무릎에 얹었다.

"따로 입관 절차는 하실 필요 없고 할아버지께 인사를 드리도록 하세요."

그녀의 말을 듣고 화용군은 내심 안도했다. 사실 그는 누가 자신에게 무술을 가르칠 것인지에 대해서 매우 궁금하게 여기고 있었다.

소녀는 '능력만 있으면 오 년 후에 일류고수가 된다'라고 말했으나 과연 누가 화용군을 그렇게 만들어줄 것인지가 못내 궁금했던 것이다.

소녀의 할아버지라면 아마도 구주무관의 최고 우두머리, 즉 관주(館主)일 것이다.

소녀가 안내한 곳은 일 층 복도 끝에 있는 어느 방이었다.

소녀의 뒤를 따라 방으로 들어서던 화용군은 무엇을 발견하고 움찔 가볍게 놀라서 걸음을 멈추었다.

방은 매우 크고 깨끗했으며, 양쪽 벽에는 천장까지 닿는 서가에 수많은 책이 빼곡하게 꽂혀 있으며, 실내 한쪽에 휘장이 걷어져 있는 침상이 있는데 그 침상에 한 명의 노인이 누워 있는 것을 발견했다.

화용군은 두 가지 사실을 직감했다. 침상에 누워 있는 사람이 관주이며 지금 병환 중이라는 사실이다. 지금처럼 이른 저녁 시간에 자고 있을 리가 없다.

"이리 오세요."

휘장 안으로 들어간 소녀가 화용군에게 손짓을 했다. 손을 까딱거리는 것이 마치 부융한 실내의 허공에서 한 마리 흰 나비가 나풀나풀 춤추는 것처럼 보였다.

화용군은 적잖이 긴장하여 쭈뼛거리며 침상 옆에 섰다.

그때 휘장 밖에서 진무곤과 도비효가 무릎을 꿇고 노인에게 큰절을 올렸다.

"제자들이 사부(師父)를 뵈옵니다."

화용군은 노인을 바라보았다. 노인은 천장을 향해 똑바로 누워서 가슴까지 이불을 덮고 있으며, 두 눈을 뜨고 시선이 천장에 고정되어 있었다.

단정하게 빗은 백발과 가슴까지 늘어진 흰 수염, 쪼글쪼글한 얼굴 피부로 미루어 칠십여 세는 되어 보였다.

진무곤과 도비효가 절을 하며 인사를 올리는데도 노인은 전혀 모르고 있는 것 같았다.

소녀가 노인의 귀에 입을 가까이 대고 말했다.

"할아버지, 새로운 제자가 들어왔어요. 인사 받으세요."

화용군이 보기에 노인은 눈만 뜨고 있을 뿐이지 정신이 없는 것 같았다.

그런데 소녀는 마치 멀쩡한 사람에게 하듯이 다정하게 말을 했다.

그래서 화용군은 어쩌면 노인이 깨어 있는 것인지도 모른다는 생각이 들었다.

"인사 올리세요. 이분은 소녀의 할아버지시고 구주무관의 관주세요."

소녀가 화용군을 보며 말하고 나서 그가 인사를 할 수 있도록 뒤로 물러섰다. 노인이 정신이 없는 상태인데도 절을 하라고 시킬 리가 없다. 노인은 지금 상황을 잘 파악하고 있는 게 분명했다.

화용군은 처음 제자가 되는 사람이 사부에게 사도지례(師徒之禮)로써 아홉 번 절한다는 사실을 알고 있기에 망설임 없이 뒤로 세 걸음 물러났다가 노인을 향해 천천히 공손하게 아홉 번 큰절을 올렸다.

"······."

그런데 그때 노인이 뭐라고 말하는 것 같았다. 무슨 말인지 알아듣지 못했지만 화용군은 노인이 웅얼거리는 소리를 분명히 들었다.

"할아버지께서 가까이 오래요."

소녀가 손짓으로 화용군을 불렀다.

화용군이 쭈뼛거리면서 다가가자 소녀가 갑자기 그의 손을 잡더니 노인의 머리맡으로 가까이 잡아끌었다.

무릎을 꿇고 있던 화용군이 일어나려고 하자 소녀가 그냥 다가오라고 손짓을 했다.

화용군이 무릎걸음으로 조심스럽게 다가가자 뜻밖의 일이 벌어졌다. 소녀가 노인의 손을 잡아서 화용군의 정수리에 덮듯이 대주었다.

그게 끝이 아니라 소녀는 손으로 노인의 손등을 덮고는 그의 손을 화용군의 정수리와 뒤통수, 이마, 얼굴 등을 고루 만질 수 있도록 이끌었다.

노인은 손에 전혀 힘이 없어서 그를 만지지 못했다. 그 대신 노인의 손등을 덮고 있는 소녀의 손이 적절하게 손에 힘을 주어서 노인이 손가락과 손바닥 전체로 그의 머리와 얼굴을 골고루 만질 수 있도록 해주었다. 그런 걸 보면 노인은 손에 감촉이 남아 있는 것 같았다.

이것은 필경 처음 해보는 일이 아닐 터이다. 소녀의 손이 매우 숙달된 것을 보면 알 수 있다. 하지만 왜 이런 일을 하는지는 알 수가 없다.

"일어나세요."

노인의 손을 떼게 한 소녀가 화용군에게 말했고, 이번에는 노인의 손을 끌어다가 그의 온몸을 만질 수 있도록 했다. 가슴과 두 팔, 복부, 등과 허리, 심지어 두 다리와 둔부까지도 골고루 더듬었다.

이윽고 더듬기가 끝나자 소녀는 노인의 손을 다시 이불 속으로 넣어주었다.

이즈음 노인의 두 눈이 크게 떠 있으며 밝은 광채를 발하고 있었다.

소녀는 노인의 그런 눈빛을 보고 노인이 화용군의 근골을 몹시 마음에 들어 한다는 사실을 깨달았다.

제8장

───

백년가약(百年佳約)

어느덧 구주무관에서의 육 년이라는 세월이 흘렀다.

화용군은 구주무관에서 무술을 배운 지 삼 년 만에 전격적으로 사범(師範)이 되었다.

구주무관의 실질적인 관주이자 사매인 단소예(鄲素叡)의 말에 의하면, 대명제관 서른네 곳 무도관 역사상 십오 세에 사범이 된 사람은 화용군이 처음이라는 것이다.

화용군이 십오 세 어린 나이에 구주무관의 사범이 될 수 있었던 이유는 크게 두 가지로 들 수 있다.

첫째, 무술의 발전이 믿어지지 않을 정도로 빨랐다. 그의

진전을 보고 모두 놀라 자빠지는 것은 당연하고 그 자신조차
도 놀랐을 정도였다.

그의 초식의 구결이나 변화에 대한 이해도가 남들보다 탁
월하게 뛰어난 것도 있다.

뿐만 아니라 아무리 어려운 동작이라도 두세 번만 전개하
고 나면 곧 자신의 것으로 만들어 버렸다.

그렇게 뛰어난 두뇌와 근골, 자질을 지니고 있으면서도 노
력을 게을리하지 않았다.

그 정도의 귀재라면 느긋하게 수련해도 될 텐데 오히려 진
무곤이나 도비효보다 두 배 이상 시간을 할애하여 밤낮으로
수련 또 수련에 매진했다.

그러므로 그의 놀라울 정도로 빠른 무술의 성취도는 어쩌
면 당연한 결과인지도 모른다.

사형인 진무곤과 도비효의 표현을 빌리자면, 자신들이 십
년 걸려서 배운 것을 화용군은 불과 삼 년 만에 다 배웠다는
것이다. 그러면서 화용군더러 '소괴(小怪)', 즉 작은 괴물이
라고 불렀다.

그런데 그것만이 아니다. 화용군이 구주무관에 처음 들어
왔을 무렵에 그 두 사람은 그때까지 배웠던 것보다 더 높은
상승의 무술을 배우기 시작했었다.

그런데 화용군은 두 사람보다 삼 년이 지나서 그들과 같은

종류의 무술에 입문했는데도 일 년 만에 다 터득하고 현재는 그들하고는 비교도 할 수 없을 정도의 상승무술을 익히고 있는 중이다.

둘째, 화용군이 구주무관에 들어오고 나서 일 년 후부터 생도가 한두 명씩 늘기 시작했다.

그리고 세월이 흐르면서 구주무관이 잘 가르친다는 입소문이 나며 삼 년 후에는 생도의 수가 자그마치 오십여 명에 육박하게 되었다.

화용군이 들어오고 얼마 지나지 않아서 들어온 첫 생도는 진무곤이 맡아서 가르쳤는데 그때 그의 나이 십구 세였다.

구주무관이 몰락한 이후 모든 생도가 다 떠났으나 진무곤과 도비효는 끝까지 남아서 어떻게든지 구주무관을 일으키려고 전력을 기울였었다.

그전까지 그들은 구주무관의 생도였으나 다들 떠나고 두 사람만 남은 상황에서 그들은 자연스럽게 구주무관의 일원이 되었다.

무술을 간절히 배우고는 싶은데 대명제관 무도관들의 수업료가 워낙 비싸서 엄두가 나지 않는 사람들이 구주무관의 문을 두드렸다.

밭을 오랫동안 방치해 두면 황폐한 묵밭이 돼버리지만 그 밭에 뭐라도 심어서 가꾸면 기름진 땅이 된다는 이치와 같은 것이다.

구주무관에 생도가 한 명도 없으면 아무도 거들떠보지 않지만, 화용군 한 명이라도 입관하여 부지런히 무술 수련을 하면서 무도관이 돌아가는 모양새를 갖추니까 외부에서 보는 시각이 달라지기 시작한 것이다.

이미 화용군이 오 년에 은자 이백 냥을 내고 구주무관에 입관하는 전례는 남겼었고, 생도들의 입관을 애타게 원하고 있는 구주무관으로서는 싼 생도들이라고 해도 마다할 처지가 아니었다.

그래서 차제에 아예 '오 년에 은자 이백 냥'을 기정사실화시키고 생도들을 받아들였으며, 육 년이 지난 현재까지도 수업료는 한 푼도 인상하지 않았다.

그 이후부터는 구주무관이 수업료가 싸면서도 잘 가르치더라는 입소문이 나면서 생도들이 몰려들었다.

화용군이 구주무관에 들어온 지 삼 년째에는 생도의 수가 칠십여 명으로 포화 상태에 도달했다.

다른 대명제관들은 사범 한 사람이 삼십 명의 생도를 가르치는 수준이다.

그런 식으로 하자면 구주무관은 진무곤과 도비효 두 명의 사범으로 칠십여 명을 가르치니까 열 명이 초과되어 벅찬 수준이 됐다.

그래서 결국 입관한 지 삼 년밖에 안 됐으며 나이가 겨우 십오 세인 화용군이 생도를 조기에 수료하고 전격적으로 사범의 자리에 오르게 된 것이다.

자질구레한 일이지만 그때 그는 수업료의 절반인 은자 백 냥을 돌려받았을 뿐만 아니라 매월 은자 열 냥씩 녹봉도 받게 되었다.

그렇다고 그가 막무가내로 사범이 된 것은 아니다. 우선 그는 사범 이상의 무술 실력을 지녔으며, 비록 십오 세라고는 하지만 체격은 당당한 청년에 다름 아니었다.

또한 과묵함과 진지함, 성실함과 근면함을 두루 갖추어서 사범으로 손색이 없었다.

그가 사범이 되는 데 가장 적극적으로 추천한 사람은 단소예였으며 진무곤과 도비효도 쌍수를 들어 찬성했었다.

화용군이 처음 제남에 올 때는 백학무숙에서 오 년 동안 열심히 무술을 배워서 일류고수가 된 후에 고향 항주에 돌아가서 억울하게 죽은 부친과 모친을 비롯한 가족의 원한을 풀고 나서 남경으로 누나를 만나러 갈 계획이었다.

그러나 무술이라는 것이 밥을 많이 먹어서 배가 부르거나 잠을 충분히 자서 심신이 개운한 것하고는 차원이 다른 것이다.

그는 매일 자는 시간마저도 쪼개서 무술 수련에 매두몰신(埋頭沒身)하지만 '자, 이제 다 배웠다'라고 할 만큼 만족감을 느끼지 못했다.

더구나 구주무관에서 가르치는 무술은 단계가 계단처럼 있으며, 그는 맨 아래 계단부터 차근차근 밟아서 올라가는 중이었으므로 정점에 이르기 전에 중도에서 무술 수련을 멈추는 것이 말처럼 쉽지 않았다.

정점에 도달하지 않으면 일류고수가 되지 못한 것 같은 찜찜한 기분이었다.

말하자면 무술을 수련하는 무인들이 끝없이 갈증을 느끼는 것처럼 그 역시 그런 상황에 처한 것이다.

더구나 사범을 맡고 나서는 자신의 무술을 익히랴, 생도들을 가르치랴 더욱 시간이 부족한데다 새로운 사범을 영입하지 않은 상황에서 훌쩍 떠날 수가 없었다.

그렇지만 구주무관에 들어온 지 육 년, 사범이 된 지 삼 년이 훌쩍 지나고 있는 올해에는 해를 넘기기 전에 떠나야겠다고 다짐하고 있는 중이다.

구주무관의 뿌리는 구파일방의 하나인 무당파(武當派)의 도가무술(道家武術)이다.

단소예의 조부이며 팔 년째 병환으로 자리에 누워 있는 단운택(鄲雲澤)이 무당파의 속가제자인 것이다.

그는 무당파에서 삼십여 년 동안 수련하면서 무당파 최고의 검법 중에 하나인 태극혜검(太極慧劍)을 연마했었다.

태극혜검은 도합 칠 초식으로 되어 있으며, 각각의 초식으로도 하나의 독립된 검법을 이룬다.

예를 들면 태극혜검의 아무 초식이라도 하나를 배우면 그것만으로 능히 위력적인 검법을 발휘할 수 있다는 것이다.

단운택은 삼십여 년 동안 도합 칠 초식인 태극혜검의 네 번째 단계인 구주풍뢰(九州風雷)까지 통달하고는 무당파를 떠났었다.

칠 단계이며 마지막 최고봉인 무극태극변검(無極太極變劍)까지 완성하려면 무당파에서 뼈를 묻어야만 가능할 것 같아서 사 초식 구주풍뢰까지만 터득하고 하산한 것이다.

태극혜검 칠 초식을 정점까지 완벽하게 터득한 현존하는 인물은 무당파의 장문인과 세 명의 장로를 비롯하여 이십여 명에 불과하다.

무당파의 무술은 검법이다. 하지만 딱 잘라서 검법이라고 단정할 수는 없다. 도에 응용하면 도법이 되고 창에 응용하면 창법이 된다.

그래서 무당파의 무술을 종합무술 혹은 다변무술(多變武術)이라고 한다.

천하검법의 최고봉답게 무당파에는 도합 열 개의 검법이 현존하고 있다.

태극혜검을 비롯하여 대라검법(大羅劍法), 사상검법(四象劍法), 구궁검법(九宮劍法), 태청검법(太淸劍法), 유운검법(流雲劍法), 양의검법(兩意劍法), 삼절황검(三絶荒劍), 소청검법(少淸劍法), 구궁신행검법(九宮神行劍法) 등이며, 이것을 무당십대검법(武當十大劍法)이라고 일컫는다.

이 열 가지 검법 중에서 어느 것이 강하고 약하다고 등급을 매길 수는 없다.

무당파에서는 각 제자의 근골과 자질, 성품에 따라서 검법을 익히도록 규정하고 있다.

어느 검법 하나만이라도 정점에 이르게 되면 무당파 내에서 열 손가락 안에 꼽히는 일대검수(一代劍手)에 이를 수 있으며, 강호에서는 절정검객(絶頂劍客)으로 이름을 드날릴 수가 있다.

무당십대검법 중에서 두 가지 이상을 터득한 인물은 장문인과 세 명의 장로, 그리고 일대제자 중에서 두 명이 더 있다. 그 정도로 무당파 십대검법은 고명할 뿐만 아니라 난해하기 이를 데 없다.

무당파에서 삼십여 년 동안 태극혜검 사 초식까지 터득한 단운택은 특출한 자질을 지니지도, 오성이 뛰어난 두뇌의 소유자도 아닌 그저 평범한 사람이었을 뿐이다.

그는 태극혜검의 사 초식인 구주풍뢰까지 터득하고서도 강호에 출도하여 몇 년 동안 활동하면서 쟁쟁한 실력을 발휘했으며 구주검협(九州劍俠)이라는 별호를 얻었다.

그의 별호에 '구주'가 들어간 것은 그의 검법 중에서 최고가 태극혜검 사 초식인 구주풍뢰라는 초식이기 때문이다.

"후우……."

"학학학… 하아……."

화용군과 단소예는 한 시진에 걸쳐서 잠시도 쉬지 않고 전력으로 검법 연마를 마치고는 그 자리에 벌렁 누워서 가쁜 숨을 몰아쉬었다.

얼마나 힘겹게 검법 연마를 했는지 두 사람이 입고 있는 얇은 경장이 땀에 흠뻑 젖어서 물이 뚝뚝 떨어졌다.

믿어지지 않는 일이지만 지난 육 년 동안 화용군에게 무술을 가르쳐 준 사람은 병상에 누워서 꼼짝도 하지 못하는 구주검협 단운택이었다.

그 당시에 단소예는 태극혜검의 일 초식인 검파음양(劍破陰陽)을 일 년쯤 수련하고 있는 중이었다.

그래서 화용군이 처음에 태극혜검에 입문했을 때에는 단소예가 기초를 가르쳤었다.

누군가의 도움 없이는 손가락 하나 까딱하지 못하고 간신히 말만 웅얼거릴 정도인 단운택은 화용군과 단소예의 검법 수련 과정을 줄곧 지켜보면서 일일이 틀린 부분을 지적하고 또 가르쳤다.

물론 태극혜검의 모든 구결은 단운택의 입을 통해서 두 사람에게 전해졌다.

처음에 화용군은 단운택의 웅얼거림을 알아듣지 못해서 단소예를 통해서만 구결을 전달받았었다.

그렇지만 두어 달이 지나기도 전에 그는 단운택의 웅얼거림을 알아들을 수 있게 되었다.

그리고 지금은 전력으로 검법을 수련하던 중에도 단운택이 뭐라고 웅얼거리며 틀린 부분을 지적하면 즉각 알아들을 수 있을 정도가 되었다.

단소예는 아홉 살, 즉 화용군이 입문하기 일 년 전부터 태극혜검을 배우기 시작했으나 화용군의 진도가 워낙 빨라서 식 달 만에 따라잡히고 말았다.

단소예가 비록 어린 나이에 검법 공부를 시작했다고는 하지만 그녀가 일 년 배운 것을 화용군이 석 달 만에 추월했으니 놀라운 일이었다.

그 이후 두 사람은 태극혜검의 이 초식인 칠성회두(七星廻斗) 부터는 나란히 함께 배웠다.

방금 두 사람이 한 시진 동안 연마한 것은 태극혜검의 마지막 칠 초식인 무극태극변검이다.

단운택이 무당파에서 삼십여 년 동안 정진하여 겨우 사 초식 구주풍뢰까지 터득했는데, 두 사람은 육 년 만에 마지막 칠 초식을 연마하고 있는 것이다.

아니, 칠 초식 무극태극변검을 시작한 지 벌써 다섯 달이 지나가고 있으므로 화용군은 거의 완성 단계라고 할 수 있다.

화용군과 단소예는 동기(同期), 즉 같은 배분이다. 하지만 단소예가 화용군보다 두 살 어리기 때문에 서로 사형, 사매로 호칭하고 있다.

화용군은 이미 태극혜검 칠 초식의 완성 단계지만 그렇다고 단소예까지 그런 것은 아니다.

그녀가 완벽하게 터득했다고 자신할 수 있는 것은 삼 초식인 광만육합(光滿六合)까지다.

그렇다고 해도 조부 단운택이 삼십여 년 동안 태극혜검 사 초식인 구주풍뢰까지 익힌 것에 비하면, 칠 년여 만에 삼 초식까지 터득한 그녀는 진도가 매우 빠른 편이다.

사 초식 구주풍뢰부터 칠 초식 무극태극변검까지는 단소예가 화용군의 수련을 돕기 위해서 같이 수련한 것이라서 수박 겉핥기식일 뿐이다.

"휴우우……."

"아아… 숨이 넘어가는 줄 알았어요."

화용군은 바닥에 대자로 벌렁 누워서 긴 숨을 내쉬었고, 그의 배를 베고 고무래 정(丁)자로 누운 단소예는 아직도 할딱할딱 숨을 몰아쉬며 봉긋한 가슴을 들먹이면서 입술을 나풀거렸다.

"용케 잘 견뎠다."

화용군은 누운 채 손을 뻗어 단소예의 땀에 흠뻑 젖은 머리카락을 쓸어 넘기며 칭찬했다.

단소예는 구주무관의 실질적인 관주라서 사형인 진무곤과 도비효는 그녀를 깍듯하게 대한다.

화용군도 마찬가지지만, 워낙 둘이서 하루 종일 붙어 있으면서 검법 연마를 하는 시간이 많다 보니까 자연히 친해질 수밖에 없었다.

그래서 그녀가 단둘이 있을 때만은 누이동생처럼 편하게 대해달라고 여러 차례 신신당부를 해서 지금 같은 사이가 되었다.

현재 화용군은 검으로 수련을 하고 있는데, 태극혜검이 검법이기 때문에 어쩔 수가 없다.

그러나 그는 따로 혼자서 태극혜검 각 초식에서 찌르기만을 뽑아 야차도를 수련해 왔었다.

그가 야차도, 즉 '야차도술(夜叉刀術)'이라고 명명한 수련은 하루의 모든 일과를 마친 후에 지난 육 년 동안 하루도 빠짐없이 행해왔었다.

자신의 방에서 수련할 때도 있으며, 야차도를 발출하고 회수하는 연습, 즉 '야차도환(夜叉刀還)'을 수련할 때에는 장원 뒤쪽의 우거진 죽림(竹林) 속에서 해왔다.

그가 야차도로 혼자서 수련을 한다는 사실을 구주무관의 식구들은 다 알고 있다.

하지만 그것에 대해서 참견하거나 구경하는 것을 그가 싫어하기 때문에 다들 모른 체하고 있다.

물론 그는 검술 수련을 할 때는 야차도를 몸에서 분리시켜 둔다. 야차도를 차고 있으면 오른팔을 사용할 수가 없기 때문이다.

"일어나요, 용(龍) 사형."

단소예가 일어나 화용군의 손을 잡아끌어 일으켰다. 자기보다 두 배쯤 무거운 그를 일으키느라 힘을 써서 빨개진 얼굴이 잘 익은 사과처럼 탐스럽다.

그녀는 그의 이름 중에서 마음에 드는 '용' 자를 골라서 용 사형이라 부른다. 그래서 진무곤과 도비효도 그를 용 사제라 부르고 있다.

일어나서 검을 어깨의 검실에 꽂고 우뚝 선 화용군의 모습에서는 육 년 전 십이 세 소년의 어리고 연약한 모습은 추호도 찾아볼 수가 없다.

아마 지금 누나가 거리에서 그를 본다면 절대로 자신의 동생이라고 알아보지 못할 터이다.

우선 키가 육 척에 가까울 정도로 무척 커졌다. 딱 벌어진 어깨와 단단한 가슴과 배, 그리고 잘록한 허리와 길고 튼튼한 두 팔과 다리. 그는 어느덧 천하의 모든 남자가 갖고 싶어 하는 신체 조건을 지녔다.

그렇지만 문제는 얼굴이다. 갸름한 얼굴 윤곽에 뚜렷한 이목구비와 깊고 서늘한 눈, 얇은 듯 붉은 입술을 지닌 그의 얼굴만 봤을 때는 천하제일의 미녀라고 해도 믿을 수 있을 정도로 아름다웠다.

다만 굵고 짙은 눈썹, 코밑과 턱, 입 주위에 파르랗게 민 수염이 그가 남자라는 사실을 강변했다.

나란히 서 있는 두 사람의 키와 체구가 극적인 대조를 이루고 있다.

단소예는 십육 세로서 아직 성장하고 있는 중이지만, 그래도 꽤나 성숙한 몸매인데도 키가 화용군의 어깨에도 미치지 못했다.

그뿐 아니라 가냘픈 체구는 그의 절반이어서 뒷모습만으로는 부녀지간으로 보일 수도 있다.

"용 사형의 무극태극변검은 흠잡을 데 없이 완벽했어요.

정말 대단해요."

단소예는 감탄 어린 표정으로 화용군을 바라보았다. 그녀의 말은 그저 공치사가 아니다. 조금 전에 두 사람이 태극혜검의 마지막 칠 초식 무극태극변검을 실전을 방불케 할 정도로 수련을 했는데, 그 와중에 그녀는 열 번도 더 죽을 고비를 넘겼었다.

만약 화용군이 진짜 적이었다면 그녀는 열 번 이상 죽음을 당했을 것이다.

"소녀는 어느 정도였나요? 진전이 있었나요?"

단소예는 두어 걸음 옮겨 화용군을 마주 보고 서서 기대 어린 표정으로 물었다.

화용군은 고개를 끄떡이고 나서 턱을 쓰다듬었다.

"예 매의 무극태극변검은 이제 사 성(成)쯤에 도달한 것 같아."

"그래요?"

단소예는 기쁜 표정을 지었다.

"다 용 사형 덕분이에요."

만약 매일 화용군하고 단둘이서 피나는 수련을 하지 않았더라면 그녀는 아직도 태극혜검 이 초식이나 잘해야 삼 초식 언저리에서 헤매고 있었을 것이다.

마주 보고 서 있는 두 사람의 옷이 땀에 흠뻑 젖어서 발 아래로 물이 뚝뚝 떨어졌다.

그 정도로 젖었으니 얇은 옷이 몸에 찰싹 달라붙어서 몸의 굴곡과 살갗이 훤히 내비치는 것은 당연하다.

하지만 두 사람은 지난 육 년여 동안 그런 모습을 매일 봐 왔기 때문에 익숙해져서 아무렇지도 않다.

단소예의 가냘프지만 성숙한 몸은 어깨에서부터 발목까지 땀에 젖은 흰 옷이 찰싹 달라붙어서 맨살이 거의 그대로 드러난 모습이다.

특히 봉긋한 가슴과 잘록한 허리, 배꼽, 사타구니의 어린아이 손바닥만 한 속곳과 허벅지가 고스란히 노출되어 어느 남자가 본다면 군침을 흘리기 딱 좋은 모습이다.

잠시 대화가 끊어진 사이에 화용군의 시선이 무심코 단소예의 몸을 위에서 아래로 훑고 있다.

뭘 어떻게 하겠다고 보는 것이 아니라 그냥 무심히 던진 시선일 뿐이다.

그런데 자신의 몸을 훑는 그의 시선을 발견한 단소예가 얼굴을 살짝 붉히면서 곱게 눈을 흘겼다. 하지만 조부가 있는 자리라서 말은 하지 못하고 섬섬옥수를 내밀어 그의 옆구리를 살짝 꼬집었다.

만약 화용군이 아닌 다른 사람이었다면 그녀는 즉시 검을 뽑아 목을 잘랐을 것이다.

아니, 다른 사람 앞에서는 그녀가 이런 모습을 보이지도 않았을 것이다.

화용군의 옆구리를 꼬집고 손을 거두려던 단소예의 시선이 문득 그의 하체로 향했다가 눈이 동그랗게 커지며 얼굴이 더욱 붉어졌다.

그의 하체 한가운데가 어느새 불룩하게 솟아 있는 것을 발견한 것이다.

한두 번 본 것도 아니고 격렬한 수련을 마친 후 오늘과 같은 상황이 되면 이따금씩 벌어지는 일인데, 볼 때마다 망측하고 부끄러워서 죽을 것만 같은 그녀다.

화용군은 그녀의 시선이 자신의 하체로 향했다가 휙 몸을 돌리는 것을 보고는 멋쩍은 표정으로 얼굴이 붉어졌다.

아무리 누이동생처럼 생각하도 대하는 단소예지만 피가 펄펄 끓는 열여덟 새파란 소년이 뇌쇄적인 여체를 보고서도 몸이 반응을 하지 않을 리가 없다. 반응하지 않는다면 고자가 분명하다.

"험!"

그럴 때마다 화용군은 머쓱함을 털기라도 하듯 돌아서서 헛기침을 하는데 오늘도 변함이 없다.

화용군과 단소예가 한밤중에 단둘만의 검술 수련이 끝나고 나서 꼭 하는 일이 있다.

두 사람은 침상에 누워 있는 단운택 머리맡 침상가 의자에 나란히 앉았다.

기다리고 있던 단운택은 눈동자만을 굴려서 두 사람을 바라보며 구결을 웅얼거리기 시작했다.

오늘 불러주는 구결은 무당십대검법 중에서 구궁신행검법 마지막 초식이다.

단운택은 이런 식으로 지난 육 년 동안 무당파의 태극혜검을 제외한 구대검법의 구결을 두 사람에게 빠짐없이 전해주었다.

무당파 제자로서 무당파의 검법이나 여타 무공들의 구결을 외우고 있는 것은 이상한 것이 아니라 오히려 권장할 만한 일이다.

그래서 많은 무당 제자가 자신이 수련하는 것 말고도 나중에 꼭 배우고 싶은 무공을 한두 가지 구결을 외우지만 연마할 여유가 없어서 결국 세월이 지나면 외운 것마저도 망각하고 만다.

그렇지만 아무리 무당 제자라고 해도 단운택처럼 무당십대검법 전부의 구결을 외우고 있는 사람은 흔하지 않다. 아니, 거의 없다고 봐도 지나친 말이 아니다.

단운택은 무당파에 몸담고 있는 삼십여 년 동안 틈틈이 십대검법의 구결을 외워두었다.

언젠가 자신이 그것들을 모두 연마할 것이라는 얼토당토 않은 상상 같은 것은 하지 않았다.

자신의 역량이 태극혜검 하나를 다 통달하는 데에도 부족하다는 사실을 잘 알기 때문이다. 다만 필요할 때가 있을 것이라고 막연하게 생각했었다.

그런데 결국 그는 자신이 외우고 있던 무당십대검법을 전해줄 인재를 찾아냈다.

그 사람이 바로 화용군이다. 단운택은 육 년 전에 화용군이 처음 구주무관에 왔을 때 손녀 단소예의 도움으로 그의 근골을 자세히 어루만져 보고는 그가 놀라운 무골(武骨)의 소유자라는 사실을 알았다.

그는 크게 놀랐으나 그걸 알아차린 사람은 단소예 한 사람뿐이었다.

그때 그녀는 조부의 눈이 평소하고는 달리 매우 커지는 것을 놀라움이라고 알아차려 그가 화용군의 몸을 더욱 샅샅이 만져볼 수 있도록 했었다.

그때 단운택은 하늘이 무심하지 않아서 화용군 같은 귀재(鬼才)를 자신에게 보내준 것이라고 믿었다.

그래서 그는 그때부터 자신의 모든 것을, 아니, 그 이상을 화용군에게 쏟아부었다.

"후우……."

구결 전해주기를 마친 단운택은 긴 한숨을 토해냈다.

"할아버지, 힘드세요?"

평소에는 들을 수 없는 단운택의 한숨 소리라서 단소예는 깜짝 놀랐다.

"아니다. 후련해서 그러는 게다."

"네."

조부의 지금 심정을 충분히 이해한 그녀는 배시시 귀여운 미소를 지었다.

조부가 장장 육 년여에 걸쳐서 화용군과 그녀에게 무당십 대검법을 모두 전해주었기 때문이다.

화용군은 무당십대검법 중에서 태극혜검은 마지막 칠 초식까지 몸으로 완벽하게 연마했다. 그리고 나머지 구대검법은 구결로서 머릿속에 또렷이 각인시켰다.

구대검법의 구결을 외우는 데 무려 육 년씩이나 걸린 데에는 이유가 있다.

그저 구결만 외운 것이 아니라 해석을 곁들였으며, 동작을 어떻게 하고 공력을 어떻게 활용해야 하는지까지도 깡그리 다 배웠기 때문이다.

그러므로 두 사람은 구대검법을 연마하지 않았을 뿐이지 거의 배웠다고 해도 과언이 아니다.

단소예는 조부가 말은 하지 않았지만 심중으로 화용군을

자신의 후계자로 삼았다는 사실을 짐작했다.

"군아."

단운택은 눈동자를 굴려 화용군을 바라보았다. 그가 할 수 있는 것은 눈동자를 굴리는 것과 말을 하는 것뿐이다. 고개는 아까 단소예가 돌려놓은 그대로다.

"네, 사부님."

다른 사람 귀에는 한숨 소리 같기도 하고 갓난아기 옹알이처럼 들리기도 하겠지만 화용군과 단소예 귀에는 사부의 말이 똑똑하게 들렸다.

"너는 앞으로 살아가면서 틈나는 대로 구대검법을 모두 연마해라."

"알겠습니다."

단운택의 말에 화용군은 고개를 숙였다.

무당 제자들은 수십 년 동안 수련을 해도 무당십대검법 중에서 하나조차도 제대로 완성하지 못하는데 단운택은 무당십대검법을 모두 연마하라고 지시했고 화용군은 그러겠다고 대답했다.

무당 제자들이 들으면 코웃음을 칠 대화지만 이곳에 있는 세 사람은 화용군이 장차 무당십대검법을 모두 섭렵하게 될 것이라는 사실을 믿어 의심하지 않았다.

그가 육 년 만에 태극혜검을 완성한 것을 미루어 보면 무당십대검법을 모두 섭렵하는 것이 결코 무리한 일은 아닐 터이다.

"그리고……."

단운택은 검법구결을 말해주느라 힘이 들었는지 말을 꺼내놓고 한참 지나서야 다시 이었다.

"나는 주화입마(走火入魔)에 든 것이 아니었단다……."

"네?"

"그게 무슨 말씀이세요?"

단소예는 조부가 지금으로부터 팔 년 전에 운공조식을 하다가 잘못되어 주화입마에 든 것으로 철석같이 믿고 있었다. 조부의 입으로 그렇게 말했기 때문이다.

화용군 또한 단소예에게 들었기에 그렇게 알고 있었다. 그런데 그게 아니라니 망치로 뒤통수를 얻어맞은 것 같은 느낌이다.

"그때… 팔 년 전에… 백학선우(白鶴仙羽)가 대명제관 서른세 곳 무도관에 은밀하게 대결장(對決狀)을 보냈었다……."

그것은 대명제관 서른네 곳 무도관의 우두머리들이 대결을 펼쳐서 최종적으로 가장 고강한 일인을 뽑자는 내용의 대결장이었다.

백학선우는 백학무숙과 자신이 대명제관의 최고라는 사실을 증명하고 싶었던 것이다.

단운택의 고백은 자정이 거의 되어갈 무렵이 돼서야 끝났다.

백학무숙의 관주인 백학선우가 꾸민 음모에 대해서 알게 된 화용군과 단소예는 분노를 금치 못했다.

그렇지만 단운택은 두 사람에게 복수 같은 것을 해달라고 말하지 않았다.

"너희 둘이서 구주무관을 잘 이끌어 대명제관 최고의 무도관으로 만들어다오."

단운택의 바람은 그것이었다. 그는 오늘 밤에 너무 많은 말을 한 탓에 몹시 지친 듯 목소리가 더욱 작아졌다.

"알겠습니다, 사부님."

"염려 마세요, 할아버지."

"오냐……."

단운택은 지친 중에도 흐뭇한 표정을 지었다. 그는 화용군이 구주무관을 이끌면 언젠가는 대명제관 최고의 무도관이 될 것이라는 사실을 굳게 믿었다.

"군아."

그의 온화한 눈빛이 화용군에게 향했다.

"이 사부가 너에게 부탁을 하나 해야겠구나."

백학선우와의 일전에서 엄중한 중상을 입은 후에 구주무

관 전문 밖에 버려졌었던 단운택은 그때부터 자리를 보존하고 침상에 누운 채 일어나지 못했다.

그는 지난 육 년 동안 화용군을 지켜보면서 마음속으로 결심했던 일을 이제 말하려고 한다.

"말씀하십시오, 사부님."

단운택의 시선이 화용군에게서 그 옆에 나란히 앉아 있는 단소예에게 흘렀다가 다시 화용군에게 향했다.

"예아를 너에게 맡기고 싶구나."

뜻밖의 말에 화용군과 단소예 둘 다 크게 놀라 궁둥이가 의자에서 떨어져 엉거주춤 일어섰다.

두 사람은 의자에 앉으면서 약속이나 한 듯이 서로의 얼굴을 쳐다보았다.

"무슨 말씀이신지요."

'맡긴다' 라는 말의 의미는 여러 가지다.

"예아를 너와 혼인시키고 싶다는 뜻이다."

"사부님……."

혼비백산 놀라는 화용군의 얼굴을 본 단소예는 얼굴이 노을처럼 붉어져서 고개를 푹 숙였다.

"예아는 제가 누이동생처럼……."

"쓸데없는 말은 필요 없다."

단운택이 화용군의 항변 같지 않은 항변을 뚝 잘랐다.

"나는 오래 견디지 못할 것 같구나……."

그의 목소리가 유난히 기운이 없다.

"사부님."

"할아버지……."

"군아가 예아를 아내로 받아들인다고 해야 내가 마음이 편하겠구나."

화용군은 사부의 심정을 십분 이해하고도 남음이 있다. 그리고 그는 단소예를 순수하게 누이동생처럼 여겨온 것만은 아니다.

때로는 그녀처럼 아름답고 착하며 총명한 소녀를 아내로 맞이하여 오순도순 살아가는 것은 어떨까 하고 혼자 생각해 본 적도 있었다.

요즘 그에게는 한 가지 작은 소망이 생겼다. 항주에 가서 돌아가신 부모님과 식솔들의 원한을 깨끗이 풀어준 후에 남경에 들러서 누나를 데리고 이곳 구주무관으로 돌아와 함께 사는 것이다.

그러자면 그가 단소예하고 부부가 되면 더할 나위 없이 좋을 터이다.

단소예는 조부가 느닷없이 그런 말을 꺼낼 줄 추호도 예상하지 못했기에 너무도 부끄러워서 고개를 푹 숙인 채 숨죽이고 가만히 있었다.

하지만 막상 조부의 말을 듣고 보니까 화용군이 뭐라고 할지 대답이 궁금해졌다.

그런데 화용군이 대답을 하지 않고 침묵만 지키고 있어서 그녀는 가슴이 조마조마했다.

그녀는 화용군을 좋아하고 있지만 그것은 어디까지나 오빠로서 좋아하는 것이지 이성 간의 그것이 아니다.

아니, 어쩌면 그를 남자로서 좋아하고 있는지도 모른다. 아주 가끔 화용군이라면 남편으로 받들고 죽을 때까지 살고 싶다는 생각을 한 적이 있었다.

"사부님 말씀에 따르겠습니다."

"……."

그때 옆에서 화용군의 차분한 목소리가 들리자 단소예는 온몸이 녹아내리는 느낌을 받았다.

좋다거나 기뻐서라기보다는 강한 충격 때문이다. 일각 전까지만 해도 두 사람은 남매처럼 사이가 좋은 사형제지간이었는데 지금은 혼인을 앞둔 남녀가 되었다.

모든 것이 다르기만 한 두 사람이 느닷없이 하나로 묶여져 버린 것이다.

화용군은 대답을 하고 나서 불현듯 한 사람이 머릿속에 떠올랐다.

남경에서 만났던 유진이다. 남경 외곽 북하진의 비도문이

라는 하오문에 갇혀 있던 그녀를 화용군이 구해준 것이 그녀
와의 인연이었다.

유진하고는 단 하룻밤 낡은 배에서 함께 지냈을 뿐이다. 그
날 밤에 두 사람 사이에는 많은 일이 일어났었다. 그리고 두
사람은 장차 부부가 되기로 약속했었다.

그 정표로써 화용군은 누나가 간직하라고 주었던 홍옥잠
을 유진에게 주었고, 그녀는 늘 지니고 다니던 백자명령이라
는 방울을 그에게 주었었다.

그 후 화용군은 야차도 손잡이의 고리에 백자명령을 묶어
두었고 지금까지 한 번도 풀지 않았었다.

그는 방금 전에 단소예와 부부가 되겠다고 대답을 하면서
도 유진에게 큰 가책 같은 것은 느끼지 않았다.

그녀 유진하고 장차 부부가 되겠다고 약속했던 것은 열두
살 어린 소년소녀였을 때였다.

그런 약속을 했을 때의 화용군이나 유진은 그게 진심이었
는지 몰라도 세월이 흘러 어른이 되면 그 약속이 얼마나 유치
했었는지 깨닫게 될 터이다.

말하자면 화용군은 어린 소년이었을 때의 약속을 그다지
중요하게 생각하지 않고 있었다.

화용군은 사부 단운택에게서 물러나기 전에 줄곧 벼르고

있던 말을 조심스레 꺼냈다.

"사부님, 제자 다녀올 곳이 있습니다."

"흠, 어디냐?"

"고향 항주입니다."

옆에 앉은 단소예는 그가 떠난다는 말에 벌써부터 걱정스러운 표정을 짓고 있다.

"고향에 가서 몇 가지 일을 정리하고 곧 돌아오겠습니다."

"얼마나 걸리겠느냐?"

단운택은 무슨 일이냐고 묻지 않았다.

화용군은 지난 육 년 동안 한솥밥을 먹고 지낸 단소예와 진무곤, 도비효에게 자신의 신세에 대해서 일언반구도 말한 적이 없었다.

"두어 달이면 충분합니다. 중추절(仲秋節)까진 반드시 돌아오겠습니다."

"그렇게 하려무나. 돌아오면 예아와 혼인식을 올리자."

"네, 사부님."

혼인식이라는 말에 단소예는 귀뿌리까지 빨개져서 코가 바닥에 닿을 것처럼 고개를 숙였다.

제9장

———

무림초출(武林初出)

사박사박…….

자정이 넘은 늦은 시각에 마당을 가로질러서 걷고 있는 두 사람의 발걸음 소리가 자늑자늑 울렸다.

육 년 전에 구주무관은 전각이 두 채뿐이었다. 단운택이 쟁쟁했던 시절의 구주무관은 대명호에서 가장 위치가 좋은 남쪽 호변에 자리를 잡고 있었다.

그런데 단운택이 백학선우와의 일대일 대결에서 패하고 그 소문이 퍼지면서 구주무관은 쇠락의 길로 급전직하 굴러떨어졌다.

이후 구주무관은 지금의 버려진 장원으로 옮겨 왔으며 오늘에 이르고 있다.

그렇지만 현재의 구주무관은 생도 백여 명을 거느린 중간급 무도관으로 성장한 상태다.

구주무관의 살림은 단소예가 도맡아서 해왔다. 그녀는 어린 나이지만 섬세하면서도 당찬 구석이 있어서 허투루 돈을 낭비하지 않으며 수업료로 받은 돈을 다른 곳에 투자한 덕분에 지금은 돈에 구애를 받지 않게 되었다.

다른 곳에 투자했다는 것은 여윳돈으로 장사에 뛰어들었다는 뜻이다.

밑바닥까지 궁핍한 생활을 해본 적이 있는 그녀는 꼭 수업료가 아니더라도 일정한 수입이 들어오는 구처를 마련해 둔 것이다.

반 시진 전까지만 해도 사형제지간이었던 화용군과 단소예는 이제 백년가약을 맺은 예비부부가 되었다.

그러니 두 사람 사이에 어색한 분위기가 흐르고 있는 것은 이상한 일이 아니다.

단운택이 묵는 전각을 나와서 화용군이 묵는 전각으로 향하고 있는 두 사람은 한마디 말도 나누지 않고 묵묵히 걷기만 했다.

구주무관은 생도들이 점차 늘어나면서 부족한 숙소를 한

두 채씩 짓기 시작하여 현재는 총 다섯 채가 되었다.

예전에 있던 낡은 두 채도 보수공사를 말끔하게 했으며 새로 지은 세 채는 모두 삼 층으로 수련장과 연공실, 숙소 등 넉넉한 공간을 확보했다.

현재 생도 수는 백여 명이지만 하루에도 몇 명씩이나 입관하려고 찾아왔다가 되돌아가는 경우가 허다하다. 우선 숙소가 부족하고, 무엇보다도 사범이 세 명뿐이라서 생도를 더 받을 수 없는 상황이다.

그래서 올봄에 대명호 동쪽의 좋은 위치에 땅을 매입했으며 지금 그곳에 한창 공사가 진행 중이다.

이곳보다 다섯 배 이상의 규모로 지어지는 새 구주무관이 완성되면 그곳으로 이사를 할 계획이다. 완공 예정은 중추절 즈음이며 이사를 하게 되면 찾아오는 생도들을 되돌려 보내는 일은 없을 터이다.

화용군이 항주에 갔다가 중추절 즈음에 돌아오고 새 구주무관으로 이사를 한 후에 단소예와 혼인식을 올린다면 그야말로 겹경사가 벌어지는 셈이다.

슥—

그때 묵묵히 걷기만 하던 화용군이 옆에서 걷고 있는 단소예의 조그만 손을 잡았다.

예전에 자주 있는 일은 아니지만 두 사람은 여러 상황에서 손을 잡은 적이 있었다.

그렇지만 그때는 그저 아무 뜻 없이 손을 잡았었고 더군다나 지금처럼 예비부부가 아니었다.

손이 잡힌 단소예는 화들짝 놀라서 화용군을 바라보았다가 고개를 숙이고 얼굴이 화끈거렸다. 뿐만 아니라 가슴이 너무도 심하게 쿵쾅거려서 그 소리가 화용군에게 들릴까 봐 조마조마 염려할 정도였다.

화용군은 어두운 전방을 똑바로 응시하며 나직한 목소리로 입을 열었다.

"내가 항주에서 돌아오면 백학선우를 만나볼 거야."

"네?"

단소예는 깜짝 놀랐다.

"나는 절대로 그자를 용서할 수가 없다."

"용 사형……."

세상사람들은 다들 백학선우와 단운택이 일대 일로 정정당당하게 싸웠으며, 그래서 단운택이 패했다고 알고 있지만 사실은 그렇지 않았다.

거기에 얽힌 비밀을 단운택이 아까 화용군과 단소예에게 말해주었다.

단소예는 화용군이 조부의 일에 이처럼 분노하는 것이 이미 한 가족이 된 것 같아서 너무도 흡족했다.

이윽고 두 사람은 화용군이 기거하고 있는 숙소 앞까지 당도했다.

　두 사람이 밤늦도록 수련을 하는 일은 허다했었으나 오늘 밤처럼 단소예가 그를 숙소까지 바래다주는 경우는 한 번도 없던 일이었다.

　"들어가세요."

　"가자."

　단소예는 화용군에게 전각으로 들어가라고 말했으나 그는 왔던 방향으로 발길을 돌렸다.

　"어디를요?"

　"이제는 널 바래다줘야지."

　"네?"

　화용군은 빙그레 아름다운 미소를 지었다.

　"그럼 이렇게 야심한 시각에 널 혼자 보낼 수 있겠니?"

　두 사람은 다시 단소예가 묵는 전각으로 돌아왔다.

　화용군은 그녀를 굽어보았다.

　"들어가라."

　"바래다 드릴게요."

　화용군은 빙긋 미소 지었다.

　"동이 틀 때까지 오락가락할 생각이냐?"

단소예는 그래도 좋다는 생각이지만 고집을 부리지 않았다.

"용 사형 가는 거 보고 들어갈게요."

슥―

화용군은 즉시 몸을 돌려 걸어갔다.

단소예는 그가 한 번쯤 뒤돌아볼 것이라고 기대하면서 기다렸으나 그는 전각 모퉁이를 돌아갈 때까지 한 번도 뒤돌아보지 않았다.

사박사박……

화용군은 숙소로 걸어가는 내내 어인 일인지 유진의 모습이 머리에서 떠나지 않았다.

지금까지 유진은 아주 드물게 이따금씩 생각이 났었다. 하루 온종일 숨 쉴 틈 없이 바쁜 생활을 하기 때문에 그녀를 생각할 겨를이 없었다.

그런데 오늘 밤에는 어찌 된 일인지 희한하게도 그녀 모습이 한 번 머리에 떠올랐다가는 사라지지 않았다.

화용군은 그 이유가 오늘 밤에 단소예와 백년가약을 약속한 터라서 유진에게 일말의 죄책감을 느끼기 때문일 것이라고 해석했다.

그렇다면 오늘 밤쯤은 유진이 밤새도록 그를 괴롭혀도 괜찮다는 생각이다.

예상하건대 앞으로 죽을 때까지 그녀를 만나게 될 일은 없을 터이다.

육 년 전 그 날, 주루에 그녀를 혼자 놔두고 도망치듯이 나왔을 때 사실은 그때 그녀를 잊었었다. 잊지는 못했더라도 잊으려고 결심했었다.

그 당시에는 하루 앞일도 모르는 상황에서 미래 따윈 기약할 수 없었기 때문이다.

그는 이번에 항주에 가는 길에 남경을 거쳐서 가겠지만 유진을 일부러 찾아보지는 않을 생각이다.

그녀가 어디에 살고 있는지 알지도 못한다. 찾으려고 마음만 먹으면 약간의 노력으로 찾을 수 있겠지만 구태여 그럴 필요를 느끼지 못했다.

지금쯤은 그녀도 화용군을 새카맣게 잊었을 텐데 새삼스럽게 만나서 무얼하겠는가.

탁탁탁—

그때 화용군은 뒤에서 누군가 뛰어오는 소리를 듣고는 걸음을 멈추고 뒤돌아보았다.

단소예가 옷자락을 휘날리면서 이쪽으로 나는 듯이 달려오고 있었다. 캄캄한 밤중에 그녀의 모습이 마치 한 마리 흰 새 같았다.

화용군은 그녀가 울고 있는 것을 발견했다. 그 순간 그는 그녀가 왜 울면서 달려오고 있는지 알아차렸다.

그는 그녀에게 마주 걸어가면서 두 팔을 활짝 벌리고 허리를 약간 굽히며 그녀를 맞이했다.

달려오던 단소예는 화용군의 품으로 와락 안겨들었다.

화용군은 그녀를 번쩍 안고 근처의 전각 쪽으로 성큼성큼 걸어갔다.

한밤중이지만 마당 한복판에서 남녀가 포옹하고 있는 광경이 다른 사람 눈에 띄기라도 하면 곤란하다.

"꼭 돌아와야 해요… 매일 전문 밖에서 용 사형을 기다리고 있을 거예요……."

단소예는 그의 목에 두 팔을 감고 울면서 말했다. 지난 육년 동안 화용군하고 하루도 떨어진 적이 없었는데, 그가 두어 달 동안이나 고향 항주에 다녀오겠다면서 갑자기 내일 떠난다고 하니까 그녀는 겁이 더럭 났다.

필경 기우겠지만 다시는 그를 만날 수 없을 것만 같은 불안감이 그녀를 놔주지 않았다.

화용군은 왼손으로 그녀의 아담한 둔부를 받쳐서 안고 오른손으로 부드럽게 뺨을 쓰다듬으며 말했다.

"반드시 돌아올 테니까 매일 전문 밖에서 기다리는 것은 하지 마라."

그녀는 두 다리로 그의 허리를 꼭 감고 고개를 가로저었다. 눈물이 사방으로 튀었다.

"싫어요. 기다릴 거예요."

화용군은 그녀를 전각의 벽에 밀어붙였다.

"내가 언제 허언을 하더냐?"

"아뇨. 그래도 왠지 불안해요……."

화용군은 창백한 얼굴의 그녀가 커다란 두 눈에서 눈물을 뚝뚝 흘리는 것을 물끄러미 지켜보다가 천천히 그녀에게 입맞춤을 하였다.

"읍!"

단소예는 갑작스런 입맞춤에 눈을 동그랗게 뜨면서 놀라더니 곧 사르르 눈을 감았다.

탁탁탁…….

"아파……."

단소예가 손으로 어깨를 두드리고 우는 소리를 하는 바람에 화용군은 퍼뜩 정신을 차렸다.

"……."

그러고는 단소예의 상의 앞섶이 온통 헤쳐져서 맨살이 드러났으며, 그녀의 가슴에 얼굴을 묻고 있는 자신을 발견한 그는 움찔 놀랐다.

그는 비단 그녀의 가슴에 얼굴을 묻고 있을 뿐만 아니라 한쪽 젖가슴을 입안 가득 물고는 정신없이 빨아대고 있는 중이었다.

그는 급히 그녀의 젖가슴에서 입을 뗐다. 봉긋한 젖가슴이 온통 붉게 물들었고 침이 범벅이다.

또한 버찌 같은 연분홍 유두가 공포에 질려서 바들바들 떨고 있는 모습이다.

그는 너무도 당황했다. 그녀와 입을 맞추는 순간부터 정신을 잃어버린 것 같았다. 아니, 이성을 잃었다고 해야 옳은 말이다. 마치 먹잇감을 발견한 맹수처럼 정신없이 그녀를 짓밟고 있었다.

그는 황망하게 그녀를 땅에 내려주었다.

"미… 안하다, 예아. 나는……."

"몰라요."

탁!

그녀는 주먹으로 그의 가슴을 한 대 가볍게 때리고는 어둠 속으로 도망치듯이 달려갔다.

화용군은 무엇에 홀린 듯 그 자리에 멍하니 한참 동안이나 서 있었다.

*　　　*　　　*

남쪽 지방인 절강성의 한여름은 그야말로 불볕이 쏟아지는 것처럼 뜨거웠다.

다각다각…….

항주에서 북쪽으로 오십여 리 떨어진 무강현(武康縣)으로 한 필의 인마(人馬)가 들어서고 있다.

하늘에서 용광로의 펄펄 끓는 쇳물을 쏟아붓는 것 같은 한낮 무더위 속에서 거리는 모든 것이 녹아버리는 듯한데 제철을 맞은 매미들만 귀가 따갑게 울어대고 있다.

한낮에는 무더위가 기승을 부려서 오가는 사람도 거의 없는 거리 한복판을 느릿하게 걸어가는 말의 말발굽 소리가 간단없이 울려 퍼졌다.

다각다각…….

마상에는 챙이 넓은 방갓을 쓴 한 사내가 꼿꼿한 자세로 앉아 있다.

그는 이처럼 지독한 무더위에도 전혀 덥거나 지치지 않은 모습이다.

또한 그는 거리에 들어섰는데도 주위를 두리번거리지 않고 정면만을 똑바로 주시하고 있다.

짙은 흑의 경장을 입고 오른쪽 어깨에는 한 자루 장검을 멘 훤칠한 사내는 다름 아닌 화용군이다. 그가 입고 있는 흑의는 단소예가 그에게 주기 위해서 평소에 한 땀 한 땀 정성껏 만들어준 옷이다.

제남을 출발하여 이곳 무강현까지 열흘이 걸렸다. 하루에 백여 리씩 꾸준히 온 결과다.

육 년 전에 남경에서 제남까지 가는 데 한 달이나 걸렸었는데 이번에는 열흘밖에 걸리지 않았다는 것이 격세지감을 느끼게 했다.

그가 항주로 곧장 가지 않고 무강현에 들른 이유는 이곳에 친척이 살고 있기 때문이다.

아버지는 자신이 모함에 빠졌다는 사실을 알고 나서 혹여 자식들에게 불똥이 튈까 부랴부랴 친척집에 남매를 맡겼었는데 그 친척이 바로 이곳에 살고 있다.

그 덕분에 화용군과 누나 화수혜는 목숨을 건질 수 있었으나 지금 생각해도 원통한 일이다.

부모님이 그렇게 비명에 돌아가시고 일가친척이 몰살당할 것이라는 사실을 미리 알았더라면 남매는 절대로 집을 떠나지 않았을 것이다.

항주의 부모님을 비롯하여 장원에서 함께 살았던 친척들이 몰살당했다는 소문을 듣고 이곳의 친척은 남매의 손에 은자 몇 냥을 쥐어주고는 등을 떠밀어 내쫓다시피 떠나보냈었다. 자칫해서 화가 자신들에게까지 미칠 것을 우려했기 때문이었다.

화용군은 이제 와서 그 친척을 원망할 생각은 조금도 없다. 돌이켜 보면 그들 덕분에 그래도 자신과 누나가 목숨을 건졌던 것이다.

그가 이곳의 친척집을 찾은 이유는 부친의 모함에 대한 실마리를 찾아내기 위해서다.

그는 부친이 무슨 모함에 어떻게 엮였기에 처형을 당하고 일가몰살(一家沒殺)이라는 지독한 일까지 당해야 했는지에 대해서 아무것도 모르고 있다.

그래서 그 당시의 일에 대해서 이곳 친척에게 알아보려고 들르려는 것이다.

그런데 거리 중간쯤 이르렀을 때 그는 문득 말을 멈추고 한 곳을 쳐다보았다.

거리 옆 어느 전문 위에 걸린 현판에 그의 시선이 고정되어 있었다.

거기에는 날아갈 듯한 필체로 큼직하게 '남천문(南天門) 무강지부(武康支部)'라고 적혀 있었다.

현판을 주시하는 방갓 아래 화용군의 눈초리가 치켜 올라가고 두 눈이 이글거렸다.

그의 부친이 몸담았다가 처형을 당한 문파가 바로 남천문이었기 때문이다.

지금 그의 앞에 있는 곳은 항주에 본문(本門)을 두고 있는 남천문의 무강지부다.

남천문하고 연관이 있는 것이라면 개 한 마리조차도 모가지를 비틀어서 죽이고 싶은 화용군이므로 남천문 무강지부를 발견한 그의 마음이 편할 리가 없다.

남천문 무강지부의 전문은 양쪽으로 활짝 열려 있고 사람은 아무도 보이지 않았으며, 안쪽에서는 아무런 기척도 느껴지지 않았다.

"음......"

화용군은 낮은 신음을 흘리고 다시 말을 몰았다.

그로서는 오로지 부친의 모함을 벗기고 복수를 하기 위해서 지난 육 년 동안 밤낮없이 무술을 배웠다.

그것이 아니었으면 누나가 십칠 세 꽃다운 몸뚱이를 기루에 팔지도 않았을 것이다.

그러므로 장장 육 년 동안 무술을 연마하고 돌아와서 첫 번째로 발견한 남천문 지부를 그냥 지나치는 것이 그로서는 쉬운 일이 아니다.

하지만 일단은 친척을 만나보는 것이 순서다.

쿵쿵쿵—

부친 쪽으로 오촌쯤 되는 친척집의 문은 굳게 닫혀 있어서 화용군은 말에서 내려 문을 두드렸다.

잠시 후 안쪽에서 신발을 질질 끄는 소리가 나더니 한여름 대낮의 무더위와 걸맞게 느릿하게 문이 열리고는 자다가 깬 듯한 중년의 퉁퉁한 남자가 얼굴을 내밀었다. 화용군으로서는 처음 보는 얼굴이다.

"이런 제기랄, 도대체 누가 이 더운데……."

신경질을 부리려던 남자는 한 필의 준마 옆에 꼿꼿하게 서 있는 방갓을 쓴 무림인을 발견하고는 소스라치게 놀라더니 얼굴이 하얗게 질려서 급히 몸가짐을 바로 했다.

"무… 무슨 일이십니까, 무사님?"

몸가짐만이 아니라 말투까지 공손해졌다. 평민이 무림인을 대하는 본능적인 반응이다.

"이 집에 화씨가 살지 않소?"

"사, 살지 않습니다."

중년 남자는 이 집에 화씨가 살지 않는 것이 자신의 잘못이 아니라는 것을 해명하려고 부심하는 것 같았다.

"이… 집에 살던 사람들은 집을 몰수당하고 쫓겨났다고 들었습니다……."

방갓 아래 화용군의 눈살이 슬쩍 찌푸려졌다.

"몰수?"

화용군은 '몰수'라고만 말했으나 중년 남자는 그 짧은 말

속에 함축된 의미까지 예상해서 대답했다.

"에… 그러니까 오륙 년 전에 남천문 무강지부에서 이곳에 살던 화씨 일족을 죄다 붙잡아 가서 어른들을 몽땅 처형시키는 과정에 이 집을 몰수한 것입니다요. 네, 무강에서 그 일을 모르는 사람은 아무도 없을 겁니다요."

'처형?'

방갓 아래 화용군의 얼굴이 돌덩이처럼 단단하게 굳었다. 처형이라니, 길게 생각해 보지 않아도 이 집 어른들이 어째서 남천문 무강지부에 끌려갔다가 처형당했는지 쉽게 짐작할 수 있다.

필경 부친의 일 때문에 여기까지 화가 미친 것이다. 아니면 화용군과 화수혜 남매를 이곳에 숨겼다가 도망치게 한 사실이 발각됐을 수도 있다.

아까 남천문 무강지부를 발견했을 때 짓부수고 싶은 것을 겨우 참았는데 이제는 충분한 이유가 생겼다.

"아이들은… 이 집 자식들은 어찌 됐소?"

이 집에는 오촌 부부와 장인장모, 처남과 처제, 그리고 어린 삼 남매가 함께 살았던 것으로 기억하고 있다.

화용군은 자신과 비슷한 또래였던 삼 남매가 어떻게 됐는지 궁금했다.

중년 남자는 고개를 모로 꼬았다.

"글쎄요… 아이들은 처형되지 않았다고 하는데… 확실한 건 아니지만 우리 마누라가 그러는데 이 집 아들이 통빈교(通彬橋) 근처에서 구걸하는 걸 봤다고……."

이각 후, 통빈교에 모습을 나타낸 화용군은 무더위 속에서 그 일대를 샅샅이 뒤진 끝에 육촌(六寸)동생 화영훈(華英暈)을 찾아냈다.

한낮의 뙤약볕 아래라서 사람의 왕래가 거의 없는 통빈교 주변에서 구걸하는 걸인은 한 명도 없었다.

통빈교 다리 아래를 굽어보니까 게딱지같은 움막들이 다닥다닥 붙어 있고, 거기에 거지나 진배없는 사람들이 여기저기에 늘어져 있는 광경을 발견하고 그리 내려갔다가 화영훈을 발견했다.

통빈교 아래에 흐르고 있는 동철계(東哲溪)라는 계류에는 한낮의 더위를 식히려는 사람들이 바글거렸는데 화영훈은 누나와 여동생과 함께 그 속에 끼어 있었다.

화용군은 그들이 워낙 깡마르고 초라해서 처음에는 알아보지 못했었다.

그리고 그들이 화용군을 알아보는 데는 더 오랜 시간이 걸렸다.

그들 삼 남매는 연년생이다. 육 년이 지났으니까 장녀인 화선(華善)이 십육 세, 둘째 화영훈이 십오 세, 막내 화도(華桃)가 십사 세가 됐을 것이다.

많은 사람에게서 뚝 떨어진 계류의 얕은 곳에 몸을 담근 채 배가 고파서 축 늘어져 있던 삼 남매는 강가에 우뚝 서서 자신들을 굽어보고 있는 낯선 방갓인을 보고는 본능적으로 몸을 도사리며 공포에 질렸다.

"네가 화영훈이냐?"

목소리마저도 굵은 저음인 방갓인의 물음에 삼 남매는 그가 자신들을 잡으러 온 남천문 무강지부 사람일지도 모른다는 불안감에 휩싸였다.

누가 시키지도 않았는데 삼 남매는 종아리까지 오는 얕은 물에 모두 화용군을 향해 나란히 무릎을 꿇고는 몸을 덜덜 떨었다.

한여름이라서 팔다리가 다 드러난 얇고 짧은 남루한 옷만 입었으며, 형편상 속곳도 입지 않은 삼 남매는 뼈밖에 남지 않은 앙상한 몸이 젖은 옷에 다 내비치는데도 개의치 않았다.

얼마나 먹지 못했는지 한창 성장해야 할 그들의 몸은 젓가락이나 다를 바가 없었다.

십육 세인 장녀 화선은 너무 깡말라서 유방 자체가 형성되지 않아 사내아이처럼 가슴에 유두만 붙어 있는 것이 젖은 옷에 내비쳤다.

"네가 화영훈이냐고 물었다."

"그… 그렇습니다."

화용군이 다시 한 번 묻자 삼 남매는 소스라치게 놀라며 납
작하게 엎드렸고, 그중에 화영훈이 덜덜 떨면서 간신히 대답
했다.

그들을 물끄러미 굽어보는 화용군의 심정은 참담하기 짝
이 없었다.

이들이 부모와 일가친척을 잃고 거리에서 거지 노릇을 하
고 있는 것은 따지고 보면 화용군과 화수혜 남매 탓이다. 아
니, 화용군네를 친척으로 두었다는 죄다.

화용군은 착잡한 표정으로 잠시 그들을 굽어보다가 조용
히 말했다.

"나는 화용군이다."

화용군은 지니고 있던 돈 중에서 은자 이십 냥을 삼 남매에
게 주고는 즉시 무강현을 떠나라고 말했다.

단 한 번도 무강현을 벗어나 본 적이 없는 삼 남매는 어디
로 가야 하느냐고 물었다.

마땅히 생각나는 곳이 남경밖에 없는 화용군은 삼 남매에
게 그리로 가서 객잔에 묵으면서 자기를 기다리고 있으라고
일렀다.

삼 남매에게 새 옷을 사서 입히고, 주루에서 먹고 싶은 요리를 배불리 실컷 먹인 후에 남경을 향해 떠나는 것을 보고서야 화용군은 다시 무강현 거리로 돌아왔다.

화용군은 말을 주루에 맡겨두고 걸어서 가까운 곳에 있는 남천문 무강지부로 갔다.

아까 봤던 대로 무강지부의 전문은 활짝 열려 있었는데 그는 거침없이 안으로 들어갔다.

지금 그는 몹시 분노하고 있다. 아까 무강지부를 보고서도 부모님의 원한을 꾹꾹 눌러 참고 있었는데, 오촌 친척집 사람들을 아이들만 남겨놓고 모조리 죽였다는 사실에 분노가 폭발하고 말았다. 더군다나 살아남은 아이들의 거지꼴을 보니 죽은 것만 못한 것 같았다.

'피는 피로 갚겠다.'

육 년 전 비루먹은 망아지처럼 볼품없던 십이 세 소년이었을 때에는 눈물을 삼키면서 부모와 일가친지의 죽음을 뒤로하고 도망쳤어야 했지만 지금은 아니다.

그의 부친은 모함을 당했다고 말했었다. 아니, 설혹 모함이 아니라 죄를 졌다고 해도 그 일하고는 아무 관련도 없는 친척들이 무슨 죄가 있다는 말인가.

그걸 생각하면 남천문이라는 곳 자체를 송두리째 불이라

도 질러 버리고 싶은 심정이다.

화용군은 오른팔 소매 안에 야차도를 차고 있지만 무강지부에서는 그걸 사용할 일이 없으리라 예상했다.

그는 구주무관에 있으면서 야차도의 뾰족한 칼끝에 쇠로 만든 마개를 덮어놨다.

야차도를 오른팔에 차고 오른손으로 검법을 전개하면 손목이 찔리기 때문이다. 칼끝에 마개를 덮고 나서는 일체 찔리는 일이 없어졌다.

그는 때로는 왼손으로 검법을 수련하기도 했으나 능숙한 오른손에 비하면 육 할 정도에 미치는 수준이다.

오른팔을 완전히 구부리지 못해서 불편하긴 하지만 강적을 만났을 경우가 아니면 그 정도로도 충분하다.

그가 구주무관을 떠나는 날 인사를 올리러 갔을 때 단운택이 말했었다.

"군아, 너는 싸움 경험이 없을 뿐이지 일류검객이다. 그 점을 명심해라."

무강지부 전문 안쪽은 널따란 마당이며 화용군은 마당 한복판을 가로질러서 걸어가며 주위를 둘러보았으나 사람의 모습은 보이지 않았다.

그가 마당을 건너서 정면의 이 층 전각 앞에 이를 때까지도 누구 하나 제지하는 자가 없었다. 날이 너무 무더워서 다를 잠이라도 자는 모양이다.

저벅저벅…….

그는 상관하지 않고 그대로 전각 안으로 성큼성큼 걸어 들어갔다.

전각 안은 넓은 대전이고 역시 사람의 그림자조차 보이지 않았다.

대전의 양쪽으로 복도가 있고 맞은편에는 위로 오르는 계단이 있어서 그는 계단 쪽으로 걸음을 옮겼다.

그런데 갑자기 오른쪽 복도의 어느 방에서 누군가 무슨 말을 하면서 복도로 나왔다.

"나 참… 더워 죽겠는데 난데없이 전령(傳令)이 무강지부에 곧 도착할 거라니 대체 무슨 일인가?"

그자는 무사 복장을 하고 있으며 어깨에는 한 자루 검을 메고 있는데, 자신이 나오고 있는 방 안의 누군가하고 대화를 하고 있었다.

"무슨 일인지는 자네가 전령을 만나보면 알 것 아닌가?"

"무슨 소리야? 내 역할은 전령을 지부주(支部主)께 안내하는 것까지란 말일세."

그러다가 그자는 대전 안쪽에 우뚝 서서 자신을 묵묵히 응시하고 있는 화용군을 발견하고는 깜짝 놀라서 허둥거리면서 다가왔다.

"당신이 전령이오? 벌써 도착한 것이오?"

화용군은 대답하지 않고 가볍게 고개를 끄떡였다.

무사는 오늘처럼 무더운 날에 밖에서 고생하면서 전령을 기다리지 않아도 된다는 사실이 다행이라는 듯 안도의 표정을 지었다.

"갑시다. 지부주께 안내하겠소."

무사는 화용군을 힐끗 한 번 보더니 잰걸음으로 곧장 계단을 향해 걸어갔다.

화용군은 묵묵히 무사의 뒤를 따라 계단을 올라갔다.

"무지하게 덥군요."

앞서 오르는 무사는 연신 땀을 닦으며 뒤돌아봤다.

"갑자기 전령이라니 무슨 일이오?"

화용군이 대답하지 않자 무사는 다시 묻지 않았다. 어차피 궁금했던 것이 아니라 그냥 예의상 물었던 것이다.

어서 전령을 지부주에게 안내해 주고 일 층 숙소로 돌아가서 동료와 함께 마시던 낮술이나 계속 마시면서 뒹굴고 싶을 뿐이다.

이 층으로 올라선 무사는 그때부터 뒤돌아보지 않고 곧장 복도를 걸어가서 막다른 방 앞에 서서 안에 고했다.

"지부주, 전령이 도착했습니다."

"어… 들어오라고 해라."

무사가 문을 열면서 화용군을 뒤돌아보았다.

척!

"자, 들어가시… 억?"

그는 말을 맺지 못하고 눈을 휘둥그렇게 부릅떴다. 전령이라고 착각한 자를 향해 돌아서고 있는데 느닷없이 새파란 한 줄기 빛이 자신의 이마를 향해 번갯불처럼 그어 내리고 있는 것을 발견했기 때문이다.

팍—

"끅!"

무사는 그게 뭔지도, 자신이 왜 죽어야 하는지도 모르는 상태에서 새파란 한 줄기 빛살을 이마에 세로로 맞고 정신이 아득해지면서 쓰러졌다.

쿠당탕!

문을 열던 중이었으므로 그는 반쯤 열린 문 안쪽으로 요란한 소리를 내며 쓰러졌다.

그는 정수리에서 미간까지 세로로 쪼개져서 피가 콸콸 쏟아지고 있는데 그 모습이 흡사 속이 새빨갛게 익은 석류를 절반쯤 쪼개놓은 것 같았다.

"뭐야?"

"무슨 일이냐?"

순간 방 안쪽에서 여러 사람이 놀라는 말소리가 어지럽게 와르르 쏟아졌다.

실내에 여러 명이 있을 줄은 화용군으로서도 예상하지 못했었지만 개의치 않았다.

어차피 무강지부 전체를 그 혼자서 상대하려고 당당하게 들어온 것이 아닌가.

휙!

그는 방금 무사를 죽인 장검을 오른손에 쥐고 나는 듯이 방 안으로 달려 들어갔다.

순간 그의 표정이 살짝 변했다. 실내 저 안쪽 창가의 탁자 둘레에 검을 메고 있는 경장 무사가 앉아 있는데 무려 다섯 명이나 된다.

그는 이곳에 한꺼번에 다섯 명이나 우글거릴 줄은 예상하지 못했었다.

그러나 상관없는 일이다. 어차피 여기에 뛰어들었을 때에는 그의 앞에 무슨 일이 벌어질 것인지 조금도 예상하지 못했었다.

그는 오른손에 검을 쥔 상태로 복수심에 불타서 뛰어들고 있으며, 저들은 수가 많다고 해도 탁자에 둘러앉아서 놀라며 전혀 대응할 태세가 되어 있지 않다.

쉬익!

그는 탁자를 향해 허리를 약간 숙인 자세로 곧장 짓쳐가면서 가까운 쪽 탁자에서 엉거주춤 일어서고 있는 두 명을 최초의 제물로 삼았다.

그는 이제 더 이상 육 년 전의 십이 세 볼품없는 어린 소년이 아니다.

지금 그는 무당파의 십대검법 중에 태극혜검을 완벽하게 터득한 일류검객이다.

그렇다고는 하지만 실전은 난생처음이다. 십이 세 때 남경에서 명야객점 주인 방 숙과 만보 형제를 죽인 것은 실력이 아니라 순전히 운이었다. 그리고 그들이 방심한 허점을 노렸었기에 그들을 죽이는 것이 가능했었다.

그리고 방금 전 그를 이곳까지 안내했던 무사를 죽인 것도 무방비 상태의 적을 뒤에서 공격을 했으니까 싸움이라고 할 수 없다.

질풍처럼 쏘아가는 화용군은 눈을 부라리면서 어금니를 악다물며 머리 위로 검을 치켜들었다.

'연습과 실전은 다를 게 없다!'

키이웅—

워낙 빠르게 그어지는 검에서 기묘한 검명(劍鳴)이 울렸다. 그의 검에서 이런 검명이 울리는 것은 처음이다. 지나치게 긴장한 탓에 평소 수련 때보다 조금 더 빠르게 검을 휘두르고 있기 때문일 것이다.

긴장을 하면 평소하고는 다른 행동이 전개된다는 사실을 그는 이때 처음 깨달았다.

파팍!

"캑!"

"컥!"

엉거주춤 일어서고 있던 두 명의 관자놀이와 목이 그어지면서 답답한 소리를 냈다.

화용군은 급소를 노리려고 일부러 애쓰지 않았다. 정확하게 급소를 찌르거나 베어서 상대들을 죽이는 것도 중요하지만, 지금은 적이 많으므로 우선 상대들을 무력하게 만드는 것이 급선무라고 생각했다.

탓!

두 명을 벤 그는 발끝으로 바닥을 박차면서 탁자 위로 몸을 날리며 검을 휘둘렀다.

키이잉!

이번에도 방금 전하고 비슷한 검명이 울렸다. 여전히 긴장을 하고 있으며 그래서 검이 정도 이상으로 빠르다는 뜻이다.

최초로 죽은 두 명은 나란히 앉아 있었기에 한 번에 둘을 죽이는 게 용이했으나 나머지 세 명은 탁자의 좌우와 건너편에 있다.

칵!

화용군이 검을 뿌리치듯이 흔들어 검첨으로 오른쪽에서 거의 다 일어나 어깨의 검으로 손을 가져가고 있는 무사의 목젖을 건드렸다.

검은 길고 얇아서 잘 휘어지는 특성이 있다. 화용군이 손목을 바깥쪽으로 가볍게 떨치자 검이 활처럼 휘어지면서 검첨이 무사의 목젖을 손가락으로 퉁기듯 살짝 그었다.

"큭!"

무사의 목젖에 가느다란 선(線)이 한 줄 생기는 것 같더니 뒤이어 툭 터지면서 목 절반이 쫙 갈라지며 머리가 뒤로 확 젖혀졌다.

오른쪽으로 활처럼 휘어졌던 검이 반동(反動)에 의해서 원위치로 돌아오고 있는 도중에, 화용군이 탁자를 훌쩍 뛰어넘으면서 재차 손목을 안쪽으로 꺾어 검첨으로 왼쪽 무사의 뺨을 후려갈겼다.

팍!

"왁!"

검은 무사의 얼굴을 뺨에서부터 턱까지 비스듬하게 싹뚝 잘라 버렸다.

얼굴이 통째로 절반이 잘라진 그자는 탁자 아래에 떨어뜨린 것을 주우려는 듯 기우뚱 바닥으로 쓰러졌다.

척!

"흑!"

그리고 마지막으로 검첨이 멈춘 곳은 탁자 맞은편에 똥 싸고 일어난 듯한 자세에서 어깨의 검을 반쯤 뽑은 사내의 목이다.

화용군은 다섯 명에게 공격을 퍼붓는 극히 짧은 순간에 누가 지부주인지 재빨리 파악했으며 될 수 있으면 그자를 산 채로 제압하고 싶었다.

화용군은 자신을 안내한 무사를 비롯하여 다섯 명의 무사를 순식간에 해치우고 탁자 위에 우뚝 서서 마지막 생존자의 목에 겨눈 검을 까딱거렸다.

"네가 지부주냐?"

옷차림이 죽은 네 명하고 다르기 때문에 그가 지부주일 것이라고 짐작했으며 그의 짐작은 맞았다.

"으으… 네놈은 누구냐……."

삼십 대 중반에 짧은 수염을 기른 무사는 비지땀을 흘리면서 인상을 썼다.

무림초출(武林初出)의 화용군은 행하는 모든 것이 처음 있는 일이다.

그러므로 그의 행동은 처음 가는 깊은 산중에 새로운 길을 내는 것과 같다.

그는 이런 상황에서는 어떻게 해야 할지 잠시 생각했다. 상대가 순순히 입을 열지 않을 테니까 일단 겁을 줘야겠다는 결론을 내리고는 검을 슬쩍 떨쳤다.

팍!

"훗!"

검이 한 차례 번뜩이더니 무사의 오른팔을 어깨에서 뎅겅 잘라 버렸다.

그러나 팔이 아직 어깨에 붙어 있는 상태고 뭔가 서늘한 느낌만 받은 무사는 눈알을 데룩데룩 굴리면서 대체 무슨 일이 벌어졌는지 살피다가 갑자기 오른팔이 바닥으로 뚝 떨어지자 소스라치게 놀라며 펄쩍 뛰었다.

"으앗!"

그는 잘라진 오른쪽 어깨에서 분수처럼 피가 뿜어지는 것을 발견하고는 이성을 잃고 그대로 화용군에게 몸을 날리며 악을 썼다.

"으아아! 이놈아! 대체 나하고 무슨 원수가 졌다고 오른팔을 자른 것이냐?"

퍽!

움찔 놀란 화용군은 그의 가슴팍을 발로 내질렀다가 뒤로 퉁겨지는 것을 검을 휘둘러 머리를 쪼갰다.

팍!

"끄악!"

무사는 발로 가슴팍을 걷어채인 힘에 의해서 계속 날아가다가 창을 뚫고 전각 밖으로 떨어졌다.

지부주라고 짐작되는 자를 살려서 심문하여 몇 가지 물어보려고 했던 일이 수포로 돌아가자 화용군은 한 가지 사실을 깨달았다.

무사에게 뭔가 알아내기를 원한다면 오른팔을 잘라서는 안 된다는 사실이다.

역지사지(易地思之), 입장을 바꿔놓고 생각해 보면 쉽게 알 수 있는 일이다.

무사에게 오른팔은 생명보다 소중한데 오른팔을 자르면 어떤 자가 고분고분하겠는가. 화용군 자신이라도 미쳐서 날뛸 것이다.

제10장

잔인무도(殘忍無道)

남천문 무강지부에는 적은 인원이 상주하고 있었다. 도합 열두 명이었으며 모두 화용군에게 죽었다.

지부 뒤편에는 숙수와 하인, 하녀가 대여섯 명 있었으나 화용군은 그들을 한 명도 건드리지 않았다.

그는 오늘 무술을 배우고 나서 처음으로 살인을 했으며 한 꺼번에 열두 명이나 죽였다.

그렇지만 그들을 죽이는 데 태극혜검을 전개하지 않았다. 그럴 필요가 없을 정도로 그들이 약했던 것인지, 아니면 기습이 먹힌 것인지 순식간에 끝나 버렸기 때문이다.

화용군은 숙수 등이 있는 무강지부 뒤쪽에서 앞쪽의 전문 쪽으로 걸어갔다.

아까는 분노로 속이 들끓어서 머리가 어지러울 지경이었는데 지금은 어느 정도 후련해졌다.

이것은 무서운 사실이지만 그의 마음을 진정시키는 데 살인이 효과가 있었던 모양이다.

분노를 웬만큼 가라앉히는 데 열두 개의 목숨이 필요하다는 사실은 위험한 발견이다.

하지만 그들에겐 죄책감이나 연민을 느끼지 않았다. 남천문 무강지부의 바로 그들이 육 년여 전에 화영훈의 부모와 일가친지를 무참하게 죽였을 것이기 때문이다.

그가 마당을 가로질러 전문에 거의 이르렀을 때 전문 밖에 한 필의 말이 멈추었다.

히히힝—

말이 크게 울고 나서 어깨에 검을 멘 마상의 무사 한 명이 땅에 내려 말고삐를 잡고 안으로 걸어 들어오다가 화용군을 발견하고는 대뜸 물었다.

"남천문 무강지부 사람인가?"

아까 무강지부 무사는 화용군을 전령이라고 오해하더니 이 작자는 반대로 무강지부 사람이냐고 묻는다.

그렇게 묻는 자가 전령일 것이라고 생각한 화용군은 고개를 끄떡였다.

"지부주에게 안내해 다오. 급전이다."

화용군은 조금 어이없다는 생각이 들었다. 자신이 어디로
봐서 전령 같다는 말인가.

그는 뒤쪽의 전각 앞 땅바닥을 돌아보았다. 그곳에는 조금
전에 이 층 창을 뚫고 아래쪽 바닥으로 떨어져서 죽은 지부주
로 짐작되는 자가 땅바닥을 온통 피바다로 물들은 채 쓰러져
있었다.

말에서 내린 무사, 즉 전령은 화용군의 시선을 따라서 쳐다
보다가 시체를 발견하고 움찔 놀랐다.

"엇? 저자는 누군가?"

"지부주인 것 같다."

"지부주? 그럼 넌……."

키잇─

"끅!"

전령은 의아한 얼굴로 화용군을 쳐다보면서 뭔가 물으려
다가 답답한 신음을 흘렸다.

그는 자신이 무엇에 어떻게 당했는지도 모르는 상태로 숨
을 거두었다.

그의 이마 한가운데에서 미간까지 손가락 한 마디 정도 세
로의 검흔(劍痕)이 새겨졌다. 그저 슬쩍 긁힌 듯한 상처 같지

만 겉으로 보기에만 그렇다.

쿵!

전령은 뒤로 나자빠지듯이 쓰러졌다. 그 충격으로 머리가 정수리에서 콧등까지 세로로 쪼개졌다.

원래 화용군은 찰나지간에 전령의 정수리에서 콧등까지 그었는데 쓰러지지 않았다면 이마의 흐릿한 검흔만 남았을 것이다.

태극혜검의 생명은 빠르기와 정확도, 그리고 무조건 공격 일변도다.

다시 말하면 번개같이 발검하여 정확하게 상대의 급소를 찌르거나 베는 것이며 방어를 하지 않는다는 뜻이다. 상대를 먼저 죽이면 방어를 할 필요가 없다.

그러나 만약 나보다 더 강한 적을 만난다면 치명적인 약점이 될 것이다.

화용군은 검을 어깨에 꽂고 그냥 걸어 나가려다가 전령이 과연 무엇을 알리려고 달려온 것인지 궁금해져서 그의 품속을 뒤져 보았다.

―천보(天寶)께서 무강에서 하룻밤 머무실 곳을 마련해 놓도록 하라. 두 시진 후에 도착할 예정이다.

―衛[위]

전령의 품속에는 금빛의 첩지가 고이 들어 있었는데 그 안에 있는 서찰에는 그렇게 적혀 있었다.

화용군은 '천보'가 무엇인지 모르지만 서찰의 내용으로 미뤄봤을 때 사람이며 그것도 매우 존귀한 신분일 것이라고 짐작했다.

또한 서찰 말미에 '위'라고 한 글자를 적은 것은, 천보를 호위하고 있는 호위대의 우두머리인 자가 이 서찰을 보냈다는 뜻일 게다.

화용군은 자신하고는 전혀 상관이 없는 일이라서 서찰을 와락 구겨서 품속에 쑤셔 넣고는 성큼성큼 전문 밖으로 걸어 나갔다.

날이 얼마나 무덥고 그래서 사람들이 얼마나 돌아다니지 않으면 그가 무강지부를 전멸시키고 나오는 동안 그것을 알아차린 사람이 한 명도 없었다.

다각다각…….

무강현을 출발한 화용군은 해질녘에 항주에 들어섰다.

땅거미가 짙게 드리운 대로에는 낮 동안 더위를 피해서 집 안에만 있던 사람들이 한꺼번에 쏟아져 나왔는지 복잡하기 이를 데 없었다.

그렇지만 그는 말에서 내리지 않고 그냥 마상에 꼿꼿하게 앉은 채 갔다.

태어나서 열두 살까지 자란 곳이며 부모님과 일가친척이 몰살당한 항주 대로를 걸어가는 그의 심정은 착잡하기 이를 데 없다.

그리웠다든지 오고 싶었다는 생각은 추호도 들지 않았다. 그저 어디에선가 어머니와 아버지의 자상한 목소리가 들려오는 것 같아서, 그리고 그분들이 이 세상 사람이 아니라는 생각에 가슴이 미어지는 것 같았다.

항주에 도착한 화용군이 첫 번째로 찾아간 곳은 예전에 자신이 살았던 장원이다.

항주 서쪽에 있는 아름답고 큰 호수 서호(西湖)의 동쪽 호 숫가에 호수를 끼고 깔끔한 장원들이 길게 늘어서 있는데, 이 곳을 북산로(北山路)라고 하며 항주 사람들이 제일 살고 싶어 하는 장소다. 화용군의 집은 바로 북산로 한가운데쯤에 있었다.

전각 네 채짜리 아담한 그 장원은 화용군이 일곱 살 때 이사를 와서 오 년 동안 살았었다.

전문과 마당. 네 채의 전각이 모두 남쪽을 향하고 있어서 한겨울에도 따사로운 햇볕이 가득 내리쪼이는 덕분에 춥지 않았던 장원이었다.

그곳으로 이사를 왔을 때 어린 화용군의 눈에도 어머니가 그토록 행복해하는 모습은 처음 봤었다.

장원 안의 마당이나 작은 정원, 네 채의 전각 구석구석 어머니의 손길이 미치지 않은 곳이 없었다.

장원을 청소하는 것도 기쁨이라면서 그 기쁨을 하녀들에게도 나눠주지 않았던 어머니다.

화용군은 거리 건너편에서 말을 내렸다. 호숫가에 죽 늘어선 버드나무 한 그루에 말고삐를 묶고는 그 옆 야트막한 바위에 걸터앉아 호수를 바라보았다.

서호는 밤이 되어도 어둡지 않다. 수백 척의 유람선이 환하게 불을 밝히고 떠 있기 때문이다.

이제 막 어두워지기 시작했기 때문에 기루들이 몰려 있는 북산로 남쪽 서호에는 형형색색의 화려한 유람선들이 한두 척씩 자태를 드러내기 시작했다.

화용군이 여기에 말을 묶고 앉은 이유는 그의 등 뒤쪽 길 건너편의 장원이 예전에 그가 살았던 곳이기 때문이다.

그는 말에서 내릴 때 장원을 한 차례 힐끗 보고는 등지고 앉아서 무심하게 호수를 바라보고 있다.

무슨 할 일이 있어서 여기에 찾아온 것이 아니다. 오늘처럼 찌는 듯이 무더운 여름날이면 지금 그가 앉아 있는 버드나무

아래에 돗자리를 깔고 한 가족 네 식구가 둘러앉아 더위도 피하고 물놀이도 했었던 기억이 나서 그저 한 번 와본 것이다.

끼이이······.

그때 등 뒤에서 전문 열리는 소리가 나자 화용군은 반사적으로 고개를 돌렸다.

그런데 전문 밖으로 나오고 있는 한 여인을 발견한 그는 소스라치게 놀라서 벌떡 일어섰다.

'어머니!'

벌떡 일어난 그는 여인을 향해 쏜살같이 달려가다가 움찔 멈추었다. 그녀는 어머니가 아니었다.

육 년 전에 돌아가신 어머니일 리가 없다. 그런데 그녀의 모습이 몹시 낯익어서 반사적으로 어머니라고 착각을 했던 것이다.

그녀는 이 장원에 이사 오기 전부터, 아니, 화용군과 누나 화수혜가 태어나기 전부터 어머니 곁에 그림자처럼 머물렀던 유모 겸 반빗아치였었다.

그녀는 화용군 집안의 모든 살림을 도맡아서 했었고 화용군 등은 송 내낭(宋奶娘:유모)인 그녀를 송 낭(宋娘)이라고 부르며 엄마처럼 따랐었다.

삼십 대 후반의 여인은 갑자기 자신에게 달려오다가 뚝 멈추는 방갓을 쓴 키 큰 사내를 깜짝 놀라는 얼굴로 쳐다보다가 사내가 몸을 돌리자 거리를 따라 북쪽으로 총총히 멀어졌다.

그녀가 어째서 옛날 화용군네 장원에서 나오는지 모를 일이지만, 어쨌든 그녀를 다시 보게 된 화용군은 반가운 마음을 금치 못했다.

화용군은 그녀 송 내낭을 따라가 보기로 했다. 그로서는 부모님의 원한이나 모함에 대해서 아는 것이 전혀 없으므로 지금 당장은 복수가 어렵다.

예전 부친의 심복 수하로서 이따금 장원에 놀러왔었고 화용군도 익히 얼굴을 알고 있던 사람들을 수소문해서 찾아보는 것이 유일한 방법이라면 방법인데, 오늘은 늦은 것 같아서 내일 찾아볼 생각을 하고 있었다.

북산로의 장원을 나선 송 내낭은 북산로 끝 호수로 유입되는 계류 중간쯤에 가로놓여 있는 단교(斷橋) 근처의 어느 평범한 집으로 들어갔다.

화용군은 굳게 닫힌 문 밖에 서서 귀를 기울여 집 안의 동정을 살폈다.

공력을 끌어 올려서 청각을 돋우자 집 안에서 두런거리는 작은 말소리가 감지되었다.

여자 둘의 말소리라는 것은 알겠는데 무슨 말인지는 알아들을 수가 없다.

사부 단운택의 말에 의하면 화용군의 공력은 삼십 년 수준
이라고 했다.

무당파의 심법 중 하나인 청령진기공(淸靈眞氣功)을 육 년
동안 꾸준히 운공조식한 덕분이다.

단운택은 화용군이 무림의 일류고수로 활약을 하려면 공
력이 최소한 오십 년 수준은 돼야 한다고 말했다.

그의 공력이 일류고수 수준에 못 미치는 이유는 순전히 화
용군의 무술 성취가 빨랐기 때문이다.

보통 사람들은 이, 삼십 년 동안 무술 수련을 해야지만 목
적한 소기의 성취를 이루고, 또한 곁따라서 공력도 오륙십 년
수준에 이르게 된다.

그러므로 그가 육 년여 만에 삼십 년 공력을 성취한 것은
진전이 매우 빠른 편이었다.

어쨌든 그는 공력을 증진시키는 것에는 그다지 큰 노력을
기울이지 않는 편이다.

'칼을 무기로 삼는 사람은 공력이 아닌 칼로 싸운다' 라는
사부 단운택의 말을 가슴에 새겨두었기 때문이다.

화용군은 대문 밖에서 잠시 망설이다가 송 내낭을 만나보
기로 마음을 굳혔다.

설마 그의 존재를 가족이나 다름이 없는 송 내낭이 남천문
에 밀고할 것이라는 생각은 추호도 하지 않았다.

다만 그가 갑자기 불쑥 나타남으로 인해서 평화롭게 살고 있는 듯한 그녀의 행복을 깨는 것 같아서 여간 조심스러운 게 아니다.

탕탕탕…….

그는 주먹으로 나무문을 가볍게 두드렸다.

집안에서 두런거리던 대화가 뚝 끊어지더니 잠시 후에 송 내낭이 나오는 소리가 들렸다.

그녀의 걸음걸이와 호흡 소리, 옷자락 스치는 소리 등은 화용군의 귀에 너무도 익어서 수천 명 중에서도 단번에 구분해 낼 수 있을 것이다.

"누구요?"

문이 열리지 않고 안쪽에서 몹시 긴장한 듯한 송 내낭의 조용한 목소리가 들렸다.

그녀를 놀라게 하고 싶지 않은 화용군은 최대한 부드러운 목소리를 냈다.

"나야, 송 낭."

"……."

안에서 흑! 하고 송 내낭이 급히 숨을 들이켜는 소리가 들리더니 한동안 침묵이 이어졌다.

화용군은 송 내낭이 놀랐을까 봐 그게 걱정됐다.

"송 낭."

끼이이…….

그의 부름에 문이 아주 천천히 열리고 얼굴 가득 두려운 표정으로 범벅된 송 내낭의 모습이 드러났다.

그녀는 두려운 눈길로 화용군을 바라보았다. 자신을 '송 낭'이라고 불러주던 사람은 다들 이 세상 사람이 아닌데, 문밖 어둠 속에 방갓을 쓰고 저승사자처럼 우뚝 서 있는 저 키 크고 거대한 사내는 대체 누구란 말인가.

그녀는 또한 이 방갓인이 아까 장원을 나올 때 자신에게 달려들다가 멈추었던 바로 그자라는 사실을 깨닫고는 더욱 겁을 먹었다.

슥―

화용군은 방갓을 벗고 오랫동안 잊고 지냈던 부드러운 미소를 머금었다.

"송 낭, 나야. 군아."

그 순간 송 내낭의 온몸이 폭풍이 휘몰아치듯이 후드득 세차게 떨렸다.

그와 동시에 두 눈이 화등잔처럼 커지고 주춤 문 밖으로 이끌리듯 나섰다.

송 내낭은 자신보다 머리가 하나 반은 더 큰 화용군을 한동안 올려다보더니 주르르 눈물을 쏟았다.

"아아… 소공자(小公子)… 어떻게 이런 일이… 당신이 정녕 소공자라는 말인가요?"

지금 화용군의 모습에서는 육 년 전의 어리고 병약한 모습은 찾아볼 수가 없는데도 그에게 젖을 물려서 키웠던 송 내낭은 그를 단번에 알아보았다.

송 내낭은 눈물을 펑펑 흘리면서 화용군의 옷자락을 붙잡고 어쩔 줄을 몰랐다.

화용군은 콧날이 시큰해져서 눈물을 글썽이며 송 내낭을 가만히 품에 안았다.

"그래. 송 낭 젖 먹고 큰 군아야."

누나 화수혜는 어머니 젖을 먹고 컸지만 화용군은 어머니보다 송 내낭 젖을 더 많이 먹었었다.

그 당시에 마침 송 내낭도 아기를 낳았기에 젖이 풍부하여 자신의 아기와 화용군에게 양쪽 젖을 먹여서 키웠었다.

"아이고 소공자… 읍!"

송 내낭은 흐느끼면서 소리치려다가 제 스스로 화들짝 놀라면서 황급히 손으로 자신의 입을 틀어막고 토끼 눈을 하고선 주위를 두리번거렸다.

화용군이 주위를 둘러보았더니 두어 사람이 저만치에서 걸어가고 있는데 이쪽에는 관심도 없는 모습이다.

송 내낭은 부랴부랴 화용군의 팔을 집 안으로 잡아끌었다.

"어서 들어와요, 소공자."

화용군은 육 년여 만에 처음으로 내 집에서 잔 것처럼 잠을
푹 잤다.

창틈으로 햇살이 스며들 때까지 늘어지게 자고 깨어났을
때에는 벌써 진시(辰時:아침 8시)가 넘었다.

송 내낭의 집은 방이 두 칸뿐인데 화용군이 그중 하나를 차
지하고 자버리는 바람에 자신의 방을 뺏긴 딸이 모친 송 내낭
과 오랜만에 같이 자게 됐다.

"흠……."

진작 잠에서 깼으나 그는 침상에 누워서 일어나지 않았다.
이 익숙한 분위기와 온기, 냄새를 맡으면서 좀 더 누워 있고
싶었다.

이곳은 예전에 그가 살았던 장원이 아니지만 송 내낭이 살
고 있는 집이라서 옛 집과 분위기나 특히 냄새가 똑같았다.
더구나 그녀가 아침을 준비하고 있는지 구수하고 향긋한 요
리 냄새가 화용군의 침샘을 자극했다.

그는 눈을 뜨고 천장을 응시하면서 어젯밤에 송 내낭에게
들었던 얘기를 되새겨 보았다.

현재의 그녀는 옛날 화용군네 장원에서 숙수로 일하고 있
다. 화용군네 집안이 몰살을 당한 후에 그녀는 충격과 시름에
잠겨서 반년 이상을 집안에서 허송세월만 보내고 있었는데,

평소 잘 알고 지내는 지인의 말에 귀가 솔깃했다.

화용군네 장원에 새로 이사를 온 사람들이 요리를 전담할 솜씨 좋은 숙수를 구한다는 소식이었다.

그녀는 혹시 화용군 남매가 살아 있다면 언젠가 자신들이 살았던 장원을 찾아올지 모른다는 막연한 기대감을 품고 그 장원에 숙수로 들어가서 오늘날까지 지냈다는 것이다.

그런데 그녀가 알려준 충격적인 사실은 그게 전부가 아니었다. 그 장원에 이사 온 사람이 남천문의 무사로서 과거 화용군 부친과 같은 직급에 있던 인물이라는 것이다.

화용군의 부친 화우현(華于賢)은 남천문에서 단주(壇主)의 지위에 있었으며, 장원에 새로 이사 온 인물 역시 단주의 직급이었다고 한다.

남천문에는 네 개의 전(殿)이 있고 그 아래에는 각각 네 개씩 도합 십육 개의 단이 있다고 한다.

화용군의 부친 화우현은 청룡전(靑龍殿) 휘하 이단주(二壇主)였으며, 장원에 새로 이사 온 인물은 백호전(白虎殿) 휘하 삼단주(三壇主)인데, 이름은 우경도(禹徑道)라고 했다.

송 내낭은 그 장원에서 오로지 화용군 남매가 돌아오기만을 기다리면서 묵묵히 일하다가 뜻하지 않은 비밀을 알게 되었다고 한다.

백호전 휘하 삼단주 우경도는 가끔 수하들이나 같은 백호전의 단주들을 장원에 초청해서 술을 마시곤 했다.

요리와 술시중을 드는 송 내낭은 그들의 대화를 자연스럽게 엿듣게 되었으며, 그것이 과거 화용군 부친 화우현이 지은 이른바 대죄(大罪)에 관한 것이라는 사실이다.

송 내낭이 듣게 된 대화의 내용을 종합해 보면 사건의 전말이 대충 이렇다.

남천문은 항주를 비롯하여 절강성 전역에 걸쳐서 큰 사업을 여러 개 하고 있으며, 그중에서 청룡전이 맡은 사업은 해외교역(海外交易)이었다.

청룡전이 보유하고 있는 거선(巨船)은 모두 삼십여 척으로 모든 배가 해외 교역, 즉 대명제국 외의 나라들과 교역을 하는 데 쓰였다.

화우현은 청룡전이 보유한 삼십여 척의 거선 중에서 열 척을 담당하고 있었다.

그가 저지른 대죄는 소위 '애새아비아탈취사건(埃塞俄比亞奪取事件)'이라고 명명되어 남천문 사람 중에서도 직급이 높은 인물들 입에 오르내렸다고 한다.

화우현이 담당한 열 척의 거선 중에서 세 척이 애새아비아(이디오피아)에서 물건을 가득 싣고 항주로 돌아왔는데, 그 가운데 한 척에 실려 있던 화물 중에서 열 상자가 감쪽같이 사라졌다는 것이다.

그 사실이 드러난 직후 남천문 네 개 전 중에서 세력과 영향력이 가장 큰 백호전이 전격적으로 조사에 나서 파헤친 결과가 드러났다.

애새아비아 교역을 전적으로 담당했던 화우현이 화물 열 상자를 빼돌려서 팔았으며, 그 돈의 오 할을 직속 상전인 청룡전주에게 상납하고, 나머지 오 할을 화우현 자신을 비롯한 애새아비아탈취사건에 가담했던 수하들과 나누어서 착복했다는 것이다.

그런데 화우현을 붙잡아서 심문한 결과 그는 청룡전주의 명령으로 그 일을 저질렀다고 실토했다.

백호전은 즉각 청룡전주를 잡아들였다. 이어서 그를 문초하니 더 큰 뿌리가 드러났다.

역모(逆謀)였다. 당금 대명제국의 황제를 몰아내고 황제의 동생 중에 한 명인 동명왕(東明王)을 황제로 옹립하기 위해서 군자금(軍資金)으로 사용하려고 열 개의 상자를 빼돌렸다는 것이다.

단순한 횡령 사건이라면 직책에서 물러나거나 심할 경우 몇 년 동안 뇌옥에 감금되면 끝날 일이었을 텐데, 역모라면 얘기가 크게 달라진다.

그 사건으로 인해서 직속 상전인 청룡전주는 물론이거니와 화우현 본인과 그 사건에 연루된 모든 자가 처형됐으며 부모형제는 물론이고 구족몰살(九族沒殺)이라는 극형이 처해졌다.

화용군은 송 내낭의 입을 통해서 육 년 만에 비로소 자신의 가문에 닥쳤던 비극의 전말을 듣게 되었다.

송 내낭은 지금 자신이 숙수로 일하고 있는 우가장(禹家莊)에서 백호전 삼단주 우경도와 그의 동료들의 입에서 그 사건, 즉 '애새아비아탈취사건'이 음모였다는 사실을 엿듣고는 그때부터 나름대로 남천문과 그 사건에 대해서 조사를 했으며 그것들을 화용군에게 설명해 주었다.

송 내낭이 우경도와 그의 동료들에게서 들은 대화 내용만으로도 '애새아비아탈취사건'이 모함이었다는 사실을 충분히 짐작할 수가 있었다.

첫째, 화우현은 애새아비아에서 항주에 입항한 교역선(交易船)에서 중요한 물건이 담긴 열 상자를 빼돌렸던 것이 아니라 도둑을 맞았었다.

둘째, 그 열 개의 상자를 훔친 것은 백호전주의 명령이었으며 그 일을 실행한 사람이 우경도였다.

셋째, 열 개의 상자에는 애새아비아의 갖가지 진귀한 보석들이 가득 들었으며, 그것을 중원의 시가로 환산하면 대략 황금 십억 냥의 값어치가 나간다.

넷째, 그 일로 인해서 백호전주는 남천문 내에서 자신의 최대 적수였던 청룡전주와 그의 측근들을 단숨에 깡그리 멸절시켜 버렸다.

"소공자, 아침 식사가 준비됐어요."

문 밖에서 기어들듯이 조용한 소녀의 목소리가 들리자 화용군은 상념에서 깨어났다.

그는 침상에서 내려와 벗어두었던 야차도를 오른쪽 어깨와 팔에 차고 옷을 입은 후, 어깨에 검을 메고 나서 문을 열고 방을 나섰다.

방 밖에는 아주 조그만 소녀 하나가 평범한 갈색 옷을 입고 두 손을 앞에 모은 채 다소곳이 서 있다가 그가 나오자 그를 바라보며 깜짝 놀라 고개를 숙였다.

화용군은 그녀를 보면서 환하게 껄껄 웃었다.

"금(琴)아, 우리 사이에 무슨 소공자냐? 예전처럼 허물없이 대해도 괜찮다."

"어… 어찌 감히……."

송 내낭의 딸 나금(羅琴)은 그의 말에 화들짝 놀라서 얼굴을 능금처럼 붉히며 고개를 숙였다.

예전에 화용군과 나금은 갓난아기 때부터 송 내낭의 젖을 한쪽씩 물고 빨면서 자라났다.

그렇기 때문에 두 사람은 한 엄마를 둔 쌍둥이처럼 친하게 지내면서 성장했다.

화용군 부모도 나금을 친딸처럼 대했기 때문에 가문이 멸문을 당하기 전까지 두 사람은 목욕도 같이하고 잠도 한 침상에서 함께 잘 정도로 친했었다.

그런데 육 년여 만에 다시 만난 나금은 쌍둥이 같았던 화용군을 영 어색하게 대하고 있다.

"금아, 너 장난하는 거지?"

화용군은 모친을 닮아서 키가 크지 않아 정수리가 자신의 가슴에도 차지 않는 나금을 굽어보았다.

"장난은 무슨… 옛날에는 소녀가 철이 없어서… 이제는 나이가 들었으니까 예의를 갖춰야지요."

"너 정말……."

화용군은 욕탕에서도 홀딱 벗고 장난치면서 놀았던 나금의 변심에 서운함을 금치 못했다. 친한 벗 한 명을 잃은 것 같은 기분이다.

"안 되겠다, 너."

"어맛?"

화용군은 그녀를 번쩍 안아서 왼쪽 옆구리에 끼고는 성큼성큼 걸어갔다.

"밥 먹으러 가자."

"아앗! 어서 내려줘요!"

아침 식사를 차리고 있던 송 내낭은 그 광경을 보고 깜짝 놀랐으나 곧 빙그레 훈훈한 미소를 지었다.

매달린 상태에서 모친을 발견한 나금은 발버둥을 치면서 소리쳤다.

"엄마! 군아 얘 하는 짓 좀 봐! 허우대만 컸지 옛날처럼 개구쟁이라니까? 어서 얘 좀 때려줘, 엄마!"

"하하하! 금아 네가 이제야 제정신이 들었구나."

"으아아—"

화용군은 껄껄 웃으며 나금을 허공에서 반 바퀴 빙글 돌려서 식탁 의자에 가볍게 내려주었다.

화용군은 소위 '애새아비아탈취사건'의 주범으로 지목되어 구족이 몰살당한 청룡전주와 그 사건에 연루되었던 사람들에 대해서 알아보느라 한나절을 몽땅 보냈다.

'애새아비아탈취사건'에 대해서도 알아보았으나 죄다 수박 겉핥기라서 그가 송 내낭에게 들었던 내용에 십분지 일에도 미치지 못했다.

그는 육 년 전에는 자신의 집이었으나 지금은 원수 중에 한 명인 우경도의 집, 즉 우가장에는 오늘 밤에 잠입하기로 계획을 세웠다.

그때까지는 시간이 많이 남았기 때문에 혹시 '애새아비아탈취사건'에서 살아남은 생존자가 있지 않을까 해서 여기저기 수소문을 하고 다녔다.

하지만 결과는 예상했던 대로 아무것도 건진 게 없다. 화용군 자신과 누나가 극적으로 목숨을 건진 것처럼 다른 사람 중에도 기적적으로 살아난 사람이 있지 않을까 기대했었는데 허사였다.

아무래도 그것을 알아내려고 접근한 방법이 틀린 것 같다. 그런 엄청난 사건의 생존자가 설혹 있다고 해도, 항주를 떠났거나 완벽하게 자신의 존재를 감춘 채 살고 있을 텐데, 그가 기껏 한나절 돌아다니면서 수소문하는 것으로 드러나겠는가.

우가장의 가장 큰 전각에서는 자정이 넘도록 연회가 베풀어지고 있었다.

연회가 끝나고 반 시진이 지난 미시(未時:새벽 2시경) 무렵. 화용군이 우가장의 담을 넘는 것은 여반장(如反掌)처럼 간단했다.

육 년 만에 들어와 본 장원이지만 감회 같은 것은 추호도 느끼지 못했다.

아버지가 남천문에 끌려가기 이틀 전에 화용군과 화수혜 남매는 오촌 친척집으로 보내졌었다.

그리고 오래지 않아서 부친은 처형당했고 어머니 역시 비통하게 처형을 당했다.

그러므로 이 장원에는 그의 유년의 아기자기한 추억과 함께 부모님이 처형을 당한 뼈아픈 추억까지 엉망진창으로 뒤섞여 있다.

백호전 삼단주였던 우경도는 그 당시 사건을 해결한 공을 인정받아서 수석단주로 승급했다고 한다.

그들 부부는 예전에 화용군 부모가 거처로 사용했던 전각을 자신들의 거처로 사용하고 있을 뿐만 아니라, 부모님이 침실로 썼던 방을 똑같이 침실로 사용하고 있었다.

척!

화용군은 조심하려고 애쓰지도 않으면서 우경도 부부의 침실 문을 열고 들어갔다.

"으음… 누구냐……."

아무리 술에 취해서 잠들었다고 해도 남천문의 수석단주인 우경도는 문 열리는 소리에 잠에서 깨어나 부스스 상체를 일으켰다.

무더운 한여름 밤이라서 우경도 부부는 이불을 덮지 않은 채 자고 있었으며 부부 둘 다 사타구니를 겨우 가린 속곳만 입고 있었다.

남천문은 절강성 제일의 문파다. 그 첫째 이유는 문주가 황제의 친동생 중 한 명인 남천왕(南天王)이고, 둘째 이유는 막강한 세력과 재물을 보유하고 있기 때문이다.

세도가의 집에서는 개조차도 권세를 부리는 법이다. 하물며 절강제일문파 남천문의 백호전 휘하 수석단주인 우경도의 장원에 자정이 넘어서 침입하여 그의 잠을 깨울 간 큰 인물이 있을 것이라고는 아무도 상상하지 않을 터이다.

화용군은 훌쩍 침상으로 한 걸음에 뛰어오르면서 발끝으로 우경도의 가슴팍을 내질렀다.

콱!

"억!"

잠도 깨기 전에 명치를 걷어 채인 우경도는 뒤로 자빠지면서 뒤통수가 벽에 호되게 부딪치며 부인 몸 위로 구겨지듯이 쓰러졌다.

"악!"

그 바람에 부인이 깨서 화들짝 놀라 벌떡 상체를 일으켜 앉는데 투실투실한 젖가슴이 심하게 출렁거렸다.

그러나 그녀는 곧 널찍한 침상 위에 우뚝 버티고 서 있는 방갓을 쓴 사내를 발견하고는 귀신을 본 듯 눈을 커다랗게 뜨고 비명을 지르려고 했다.

파파팍!

그러나 그보다 빠르게 화용군의 손이 번개같이 움직여서

그녀의 어깨와 목덜미, 귀밑 세 군데 혈도를 짚어서 혼혈(昏穴)을 제압했다.

우경도는 사십 대 중반인 데 비해서 부인은 이제 갓 이십 세를 넘은 젊디젊은 여자다.

정실 부인은 아닌 듯한데 여기에는 뭔가 사연이 있는 듯했지만 화용군이 알 바 아니다.

여자는 사타구니를 겨우 가린 속곳 하나만 입은 채 약간 눕듯이 앉은 자세로 곧 축 늘어졌다.

화용군은 반쯤 혼절한 우경도의 목을 움켜잡고 침상 아래로 패대기쳤다.

쿵!

화용군은 침상에서 내려가 우경도 앞에 서서 그의 뺨을 세차게 후려갈겼다.

짜악!

"쿨럭……."

그 충격에 우경도는 입에서 피를 흘리며 정신을 차리고는 화용군을 올려다보며 눈을 부라렸다.

"으으… 네놈은 누구냐?"

그때 문 밖에서 급박한 발걸음 소리가 나더니 곧 문이 왈칵 열리고 손에 검을 쥔 일남일녀가 안으로 달려 들어오며 외쳤다.

"아버님! 무슨 일입니까?"

잠옷 차림의 일남일녀는 이십 대 초중반의 나이에 우경도의 아들과 딸이다.

그들은 부친의 방이 소란스러운 소리를 듣고 서둘러 달려왔으나 괴한의 얼굴조차 보지 못했다.

키잇—

"허윽!"

"끅!"

화용군의 검이 들어서고 있는 일남일녀의 목을 가로로 단칼에 그어버렸다.

단지 푸른빛이 가로로 번뜩였을 뿐인데 일남일녀는 동작을 뚝 멈추었고, 잠시 후 앞다투어 문 안쪽에 쓰러졌다.

쿠쿵…….

그들이 넘어지는 충격에 목에서 분리된 두 개의 머리통이 바닥에 떨어져 떼구르르 구르다가 멈추었다.

"으아아……."

그 광경을 목전에서 보게 된 우경도는 온몸을 벌벌 떨면서 광분할 것 같은 표정을 지었다.

픽!

"끅!"

그렇지만 그는 화용군이 재차 발길질을 가하자 자식들의

죽음보다는 자신의 복부를 걷어채인 고통에 더 충실해야만 했다. 그것이 눈앞의 현실이고 고통이다.

"끄으으… 너 이놈…….."

승—

우경도가 몸을 부들부들 떨면서 눈을 부라리자 화용군은 천천히 검을 뽑아 그의 가슴을 찌를 듯이 가리켰다.

"지금부터 내가 묻는 말에 대답해라."

"흐으… 네놈은 누구냐?"

"쓸데없는 말을 할 때마다 네놈의 사지를 하나씩 자르겠다. 궁금하면 시험해 봐도 좋다."

네모각진 얼굴에 반 뼘 길이의 수염을 기른 용맹한 인상의 우경도는 자신의 가슴을 찌를 듯이 겨누고 있는 검과 방갓을 눌러쓴 화용군을 번갈아 쳐다보면서 비로소 겁먹은 표정이 되어 중얼거렸다.

"으으… 무엇을 알고 싶은 것이냐?"

우경도는 화용군이 궁금하게 여기던 것들을 다 실토했다.

그는 화용군이 묻는 것보다 더 많은 것을 알고 있지만 묻는 것에만 대답을 했다.

실토를 다 듣고 난 화용군은 분노가 머리 꼭대기까지 차올라서 지그시 어금니를 악물었다.

"그렇다면 애새아비아탈취사건은 처음부터 끝까지 모함이었다는 것이로군?"

"……."

슥—

"대답해라."

"그… 그렇다."

화용군이 검첨을 손가락 반 마디 정도 가슴에 찔러 넣자 우경도는 후드득 몸을 떨며 대답했다.

화용군은 문득 애새아비아탈취사건에서 부친이 빼돌렸다는 열 개 상자의 행방이 궁금해졌다.

"열 개의 상자는 누가 갖고 있느냐?"

"그건……."

화용군은 우경도의 눈빛이 크게 흔들리는 것을 발견하고 캐물었다.

"누가 갖고 있느냐?"

그렇게 재차 물으면서 그는 자신이 이 질문을 잘했다는 생각이 들었다. 또한 '누가 갖고 있느냐'라는 질문도 적절했다고 생각했다.

만약 '상자들을 회수했느냐?'라고 물었더라면 우경도는 필시 그렇다고 대답했을 것이다.

그러니까 화용군의 질문은 '열 개의 상자가 회수되지 않은 것으로 알고 있는데 대체 누가 갖고 있는지 모르겠다' 라는 뜻이 된다.

그래서 그는 같은 질문이라도 어떻게 묻느냐에 따라서 대답도 달라진다는 매우 중요한 사실을 깨달았다.

그리고 그는 문제의 열 개의 상자가 어디에 있는지 우경도는 알고 있다고 확신했다.

슥—

그래서 우경도의 가슴 한복판을 찌르고 있던 검첨의 위치를 왼쪽 가슴, 즉 심장으로 옮겼다.

"자, 네가 대답을 하지 않으면 내가 어떻게 할 것인지 궁금하지 않느냐?"

화용군은 검첨을 약간 살갗 속으로 찌르면서 일부러 나직한 목소리로 중얼거렸다.

우경도는 산전수전 다 겪은 능구렁이다. 그래서 눈앞의 방갓인이 피도 눈물도 없는 냉혈한이라는 사실을 알아차렸다. 저기 문 안쪽에 목이 잘린 채 죽어 있는 자식들의 죽음이 그것을 대변하고 있다.

"열 개의 상자는 누가 갖고 있느냐?"

화용군은 그렇게 물으면서 검첨을 살갗 속으로 조금 더 밀어 넣었다.

"으으… 초… 총전주(總殿主)께서 갖고 계신다……."

"총전주? 어떤 총전주 말이냐?"

"소… 문주 말이다."

화용군으로서는 전혀 예상하지 못했던 인물이 새롭게 등
장했다.

"소문주?"

보통 소문주라는 지위는 문주의 자식을 가리키는 법이다.
화용군은 어떻게 질문할 것인지를 잠시 궁리하다가 날카롭게
물었다.

"소문주는 지금 어디에 있느냐?"

참으로 예리한 비수처럼 날카로운 질문이다. 뜻인즉, 소문
주가 평소에 어디에 있는지는 다 알고 있지만, 지금 현재는
어디에 있느냐고 물은 것이다.

그렇지만 화용군은 소문주가 누군지도 모르고, 평소에 어
디에 사는지는 더더욱 모른다.

"소문주께선… 오늘 밤에 자봉각(紫鳳閣)으로 행차하신 것
으로 알고 있다."

"자봉각?"

색향(色鄕)인 항주에서도 첫 손가락에 꼽히는 기루가 자봉
각이라는 사실은 항주에서 하루만 살아도 다 아는 사실이다.

슥—

화용군은 우경도가 더 이상 필요 없다고 생각해서 왼손으

로 방갓을 벗었다.

이어서 얼굴에 한 겹의 살얼음을 깐 듯한 표정으로 이를 갈
듯이 중얼거렸다.

"우경도, 내가 누구라고 생각하느냐?"

우경도의 눈동자가 부산하게 흔들렸다. 화용군을 올려다
보면서 아무리 생각을 해봐도 생전 처음 보는 새파란 애송이
의 모습이다.

"누… 누구냐?"

"화우현을 아느냐?"

"……."

"내가 바로 그분의 아들 화용군이다."

"……."

화우현을 물었을 때 커졌던 우경도의 두 눈이 더욱 커졌다.

쓰우…….

"끄으……."

화용군은 우경도의 심장을 찌르고 있는 검을 아주 느리게
밀어 넣었다.

"죽거든 내 부모님께 아들이 보냈다고 말씀 전해라."

"끄으으… 제발…….."

푸우욱…….

우경도의 눈동자가 폭풍에 흔들리는 촛불처럼 미친 듯이

떨고 있을 때 검이 미끄러지듯이 깊게 쑤셔 박혔다.

화용군은 검이 심장을 터뜨리고 등 뒤로 빠져나가 침상에 꽂히는 것을 손으로 느끼면서 묵묵히 서서 우경도의 몸이 크게 요동치다가 이윽고 잔 떨림으로, 그리고 그것마저도 멈추는 것을 묵묵히 굽어보았다.

'아버지… 어머니……'

그는 속으로 피눈물을 흘리면서 중얼거렸다.

서호 남쪽에는 항주를 유명하게 만들고 있는 자랑거리인 수백 개의 기루들이 호숫가에 길게 늘어서 있다.

그 수백 개의 기루 중에서도 단연 돋보이며 눈에 띄는 오층의 거대한 고루거각(高樓巨閣)이 한 채 있다.

자봉각이다.

우경도를 죽인 지 이각 후에 화용군은 피 냄새를 물씬 풍기면서 자봉각 앞에 모습을 나타냈다.

『야차전기』 2권에 계속…

『월풍』, 『신궁전설』의 작가 전혁이 전하는
유쾌, 상쾌, 통쾌 스토리, 『왕후장상』!

문서 위조계의 기린아 기무결.
사기 쳐서 잘 먹고 잘살던 그에게 날벼락이 떨어졌다.
바로 녹슨 칼에서 나온 오천만 냥짜리 보물지도!

기무결에게 내려진 숙제,
오천만 냥을 찾아라!

그러나 꼬인 행보 끝 도착한 곳은 동창의 감옥이었으니……

"으아악! 이게 뭐야!! 무림맹이 왜 여기 있는 거야!"

천하제일거부를 향한 기무결의
끝없는 도전이 시작된다!

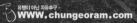

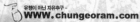

용마검전

FANTASY FRONTIER SPIRIT

김재한 판타지 장편 소설

「폭염의 용제」, 「성운을 먹는 자」의 작가 김재한!
또다시 새로운 신화를 완성하다!

『용마검전』

사악한 용마족의 왕 아테인을 쓰러뜨리고
용마전쟁을 끝낸 용사 아젤!

그러나 그 대가로 받은 것은 죽음에 이르는 저주.
아젤은 저주를 풀기 위해 기나긴 잠에 빠져든다.

그로부터 220년 후……

긴 잠에서 깨어난 아젤이 본 것은
인간과 용마족이 더불어 살아가는 새로운 세상이었다.

Book Publishing CHUNGEORAM

동녘이 아닌 자유추구 ~
WWW.chungeoram.com

문용신 新무협 판타지 소설

FANTASTIC ORIENTAL HEROES

절대호위

한량 아버지를 뒷바라지하며
호시탐탐 가출을 꿈꾸던 궁외수.

어린 시절 이어진 인연은
그를 세상 밖으로 이끄는데……

"내가 정혼녀 하나 못 지킬 것처럼 보여?"

글자조차 모르는 까막눈이지만,
하늘이 내린 재능과 악마의 심장은
전 무림이 그를 주목하게 한다.

"이 시간 이후 당신에겐 위협 따윈 없는 거요."

무림에 무서운 놈이 나타났다!

Book Publishing CHUNGEORAM